梁实秋

生活在别处

作家出版社

图书在版编目（CIP）数据

生活在别处 ／ 梁实秋 著.--北京：作家出版社，
2015.10

　　ISBN 978-7-5063-8232-8

　　Ⅰ.①生…　Ⅱ.①梁… 　Ⅲ.①散文集-中国-现代
Ⅳ.①I266

　　中国版本图书馆CIP数据核字（2015）第261976号

生活在别处

作　　　者：梁实秋
责任编辑：丁文梅
装帧设计：一鸣文化
出 品 方：北京中作华文数字传媒股份有限公司
出版发行：作家出版社
社　　　址：北京农展馆南里10号　　　　邮　　编：100125
电话传真：86-10-65930756　（出版发行部）
　　　　　　86-10-65004079　（总编室）
　　　　　　86-10-65015116　（邮购部）
E-mail:zuojia@zuojia.net.cn
http://www.haozuojia.com　（作家在线）
印　　　刷：三河市紫恒印装有限公司
成品尺寸：140×203
字　　　数：140 千
印　　　张：7
版　　　次：2016年3月第1版
印　　　次：2016年3月第1次印刷
ISBN 978-7-5063-8232-8
定　　　价：28.00 元（平装）

目 录

漫谈读书

我们现代人读书真是幸福。古者，"著于竹帛谓之书"，竹就是竹简，帛就是缣素。书是希罕而珍贵的东西。一个人若能垂于竹帛，便可以不朽。孔子晚年读《易》，韦编三绝，用韧皮贯联竹简，翻来翻去以至于韧皮都断了，那时候读书多么吃力！后来有了纸，有了毛笔，书的制作比较方便，但在印刷之术未行以前，书的流传完全是靠抄写。我们看看唐人写经，以及许多古书的钞本，可以知道一本书得来非易。自从有了印刷术，刻版、活字、石印、影印，乃至于显微胶片，读书的方便无以复加。

物以希为贵。但是书究竟不是普通的货物。书是人类的智慧的结晶，经验的宝藏，所以尽管如今满坑满谷的都是书，书的价值不是用金钱可以衡量的。价廉未必货色差，畅销未必内容好。书的价值在于其内容的精到。宋太宗每天读《太平御览》等书二卷，漏了一天则以后追补，他说："开卷有益，朕不以为劳也。"这是"开卷有益"一语之由来。《太平御览》采集群书一千六百余种，分为五十五门，历代典籍尽萃于是，宋太宗日理万机之暇日览两卷，当然可以说是"开卷有益"。如今我们的书太多了，纵不说粗制滥造，至少是种类繁多，接触的方面甚广。我们读书要有抉择，否则不但无益而且浪费时间。

那么读什么书呢？这就要看各人的兴趣和需要。在学校里，如果能在教师里遇到一两位有学问的，那是最幸运的事，他能适当指点我们读书的门径。离开学校就只有靠自己了。读书，永远不恨其晚。晚，比永远不读强。有一个原则也许是值得考虑的：作为一个地道的中国人，有些部书是非读不可的。这与行业无关。理工科的、财经界的、文法门的，都需要读一些蔚成中国文化传统的书。经书当然是其中重要的一部分，史书也一样的重要。盲目地读经不可以提倡，意义模糊的所谓"国学"亦不能餍现代人之望。一系列的古书是我们应该以现代眼光去了解的。

黄山谷说："人不读书，则尘俗生其间，照镜则面目可憎，对人则语言无味。"细味其言，觉得似有道理。事实上，我们所看到的人，确实是面目可憎语言无味的居多。我曾思索，其中因果关系安在？何以不读书便面目可憎语言无味？我想也许是因为读书等于是尚友古人，而且那些古人著书立说必定是一时才俊，与古人游不知不觉受其熏染，终乃收改变气质之功，境界既高，胸襟既广，脸上自然透露出一股清醇爽朗之气，无以名之，名之曰书卷气。同时在谈吐上也自然高远不俗。反过来说，人不读书，则所为何事，大概是陷身于世网尘劳，困厄于名缰利锁，五烧六蔽，苦恼烦心，自然面目可憎，焉能语言有味？

当然，改变气质不一定要靠读书。例如，艺术家就另有一种修为。"伯牙学琴于成连先生，三年不成。成连言吾师方子春今在东海中，能移人情。乃与伯牙偕往，到蓬莱山，留伯牙宿，曰：'子居习之，吾将迎师。'刺船而去，旬时不返。伯牙延望无人，但闻海水濆洞崩坼之声，山林窅冥，群鸟悲号，怆然叹曰：'先生将移我情。'乃援琴而歌，曲成，成连刺船迎之而返。伯牙之琴，遂妙天下。"这一段记载，写音乐家之被自然改变气质，虽然神秘，不是不可理解的。禅宗教外别传，根本不立文字，靠了顿悟即能明心见性。这究竟是生有异禀的人之超绝的成就。以我们一般人而言，最简便的修养方法还是读书。

书，本身就有情趣，可爱，大大小小形形色色的书，立在架上，放在案头，摆在枕边，无往而不宜。好的版本尤其可喜。我对线装书有一分偏爱。吴稚晖先生曾主张把线装书一律丢在茅厕坑里，这偏激之言令人听了不大舒服。如果一定要丢在茅厕坑里，我丢洋装书，舍不得丢线装书。可惜现在线装书很少见了，就像穿长袍的人一样的稀罕。几十年前我搜求杜诗版本，看到古逸丛书影印宋版蔡孟弼《草堂诗笺》，真是爱玩不忍释手，想见原本之版面大，刻字精，其纸张墨色亦均属上选。在校勘上笺注上此书不见得有多少价值，可是这部书本身确是无上的艺术品。

谈话的艺术

一个人在谈话中可以采取三种不同的方式，一是独白，一是静听，一是互话。

谈话不是演说，更不是训话，所以一个人不可以霸占所有的时间，不可以长篇大论地絮聒不休，旁若无人。有些人大概是口部筋肉特别发达，一开口便不能自休，绝不容许别人插嘴，话如连珠，音容并茂。他讲一件事能从盘古开天辟地讲起，慢慢地进入本题，亦能枝节横生，终于忘记本题是什么。这样霸道的谈话者，如果他言谈之中确有内容，所谓"吐佳言如锯木屑，霏霏不绝"，亦不难觅取听众。在英国文人中，约翰逊博士是一个著名的例子。在咖啡店里，他一开口，老鼠都不敢叫。那个结结巴巴的高尔斯密一插嘴便触霉头。Sir Oracle 在说话，谁敢出声？约翰逊之所以被称为当时文艺界的独裁者，良有以也。学问风趣不及约翰逊者，必定是比较的语言无味，如果喋喋不已，如何令人耐得。

有人也许是以为嘴只管吃饭而不作别用，对人乃钳口结舌，一言不发。这样的人也是谈话中所不可或缺的，因为谈话，和演戏一样，是需要听众的，这样的人正是理想的听众。欧洲中古时代的一个严肃的教派 Carthusian monks 以不说话为苦修精进的法门之一，整年的不说一句话，实在不易。那究竟是方外人，另当别论，我们平常人中却也有人真能寡言。他效法金人之三缄其口，他的背上应有铭曰："今之慎言人也。"你对他讲话，他洗耳恭听，你问他一句话，他能用最经济的词句把你打发掉。如果你恰好也是"毋多言，多言多败"的信仰者，相对不交一言，那便只好共听壁上挂钟之滴答滴答了。钟会之与嵇康，则由打铁的叮当声来破除两人间之岑寂。这样的人现代也有，相对无言，莫逆于心，吧嗒吧嗒地抽完一包香烟，兴尽而散。无论如何，老于世故的人总是劝人多听少说，以耳代口，凡是不大开口的人总是令人莫测高深；口边若无遮拦，则容易令人一眼望到底。

谈话，和作文一样，有主题，有腹稿，有层次，有头尾，不可语无伦次。写文章肯用心的人就不太多，谈话而知道剪裁的就更少了。写文章讲究开门见山，起笔最要紧，要来得挺拔而突兀，或是非常爽朗，总之要引人入胜，不同凡响。谈话亦然。开口便谈天气好坏，当然亦不失为一种寒暄之道，究竟缺乏风趣。常见有客来访，宾主落座，客人徐徐开言："您没有出门啊？"主人除了重申"我没有出门"这一事实之外没有法子再作其他的答话。谈公事，讲生意，只求其明白清楚，没有什么可说的。一般的谈话往往是属于"无题"、"偶成"之类，没有固定的题材，信手拈来，自有情致。情人们喁喁私语，总是有说不完的话题，谈到无可再谈，则"此时无声胜有声"了。老朋友们剪烛西窗，班荆道故，上下古今无不可谈，其间并无定则，只要对方不打哈欠。禅师们在谈吐间好逞机锋，不落迹象，那又是一种境界，不是我们凡夫俗子所能企望得到的。善谈和健谈不同，健谈者能使四座生春，但多少有点霸道，善谈者尽管舌灿莲花，但总还要给别人留些说话的机会。

话的内容总不能不牵涉到人，而所谓人，则不是别人便是自己。谈论别人则东家长西家短全成了上好的资料，专门隐恶扬善则内容枯燥听来乏味，揭人阴私则又有伤口德，这其间颇费斟酌。英文 gossip 一字原义是"教父母"，尤指教母，引申而为任何中年以上之妇女，再引申而为闲谈，再引申而为飞短流长，而为长舌妇，可见这种毛病由来有自，"造谣学校"之缘起亦在于是，而且是中外皆然。不过现在时代进步，这种现象已与年纪无关。谈话而专谈自己当然不会伤人，并且缺德之事经自己宣扬之后往往变成为值得夸耀之事。不过这又显得"我执"太深，而且最关心自己的事的人，往往只是自己。英文的"我"字，是大写字母的 I，有人已嫌其夸张，如果谈起话来每句话都用"我"字开头，不更显得自我本位了么？

在技巧上，谈话也有些个禁忌。"话到口边留半句"，只是劝人慎言，却有人认真施行，真个的只说半句，其余半句要由你去揣摩，好像文法习题中的造句，半句话要由你去填充。有时候是光说前半句，要你猜后半句；有时候是光说后半句，要你想前半句。一段谈话中若是破碎的句子太多，在听的方面不加整理是难以理解的。费时费事，莫此为甚。我看在谈话时最好还是注意文法，多用完整的句子为宜。另一极端是，唯恐听者印象不深，每一句话重复一遍，这办法对于听者的忍耐力实在要求过奢。谈话的腔调与嗓音因人而异，有的如破锣，有的如公鸡，有的行腔使气有板有眼，有的回肠荡气如怨如诉，有的于每一句尾加上一串咯咯的笑，有的于说完一段话之后像鲸鱼一般喷一口大气，这一切都无关宏旨，要紧的是说话的声音之大小需要一点控制。一开口便血脉贲张，声震屋瓦，不久便要力竭声嘶，气急败坏，似可不必。另有一些人的谈话别有公式，把每句中的名词与动词一律用低音，甚至变成耳语，令听者颇为吃力。有些人唾腺特别发达，三言两句之后嘴角上便积有两摊如奶油状的泡沫，于发出重唇音的时候便不免星沫四溅，真像是痰唾珠玑。人与人相处，本来易生摩擦，谈话时也要保持距离，以策安全。

骂人的艺术

古今中外没有一个不骂人的人。骂人就是有道德观念的意思，因为在骂人的时候，至少在骂人者自己总觉得那人有该骂的地方。何者该骂，何者不该骂，这个抉择的标准，是极道德的。所以根本不骂人，大可不必。骂人是一种发泄感情的方法，尤其是那一种怨怒的感情。想骂人的时候而不骂，时常在身体上弄出毛病，所以想骂人时，骂骂何妨。

但是，骂人是一种高深的学问，不是人人都可以随便试的。有因为骂人挨嘴巴的，有因为骂人吃官司的，有因为骂人反被人骂的，这都是不会骂人的原故。今以研究所得，公诸同好，或可为骂人时之一助乎？

一、知己知彼

骂人是和动手打架一样的，你如其敢打人一拳，你先要自己忖度下，你吃得起别人的一拳否。这叫做知己知彼。骂人也是一样。譬如你骂他是"屈死"，你先要反省，自己和"屈死"有无分别。你骂别人荒唐，你自己想想曾否吃喝嫖赌。否则别人回敬你一二句，你就受不了。所以别人有着某种短处，而足下也正有同病，那么你在骂他的时候只得割爱。

二、无骂不如己者

要骂人须要挑比你大一点的人物，比你漂亮一点的或者比你坏得万倍而比你得势的人物总之，你要骂人，那人无论在好的一方面或坏的一方面都要能胜过你，你才不吃亏的。你骂大人物，就怕他不理你，他一回骂，你就算骂着了。在坏的一方面胜过你的，你骂他就如教训一般，他即便回骂，一般人仍不会理会他的。假如你骂一个无关痛痒的人，你越骂他他越得意，时常可以把一个无名小卒骂出名了，你看冤与不冤？

三、适可而止

骂大人物骂到他回骂的时候，便不可再骂；再骂则一般人对你必无同情，以为你是无理取闹。骂小人物骂到他不能回骂的时候，便不可再骂；再骂下去则一般人对你也必无同情，以为你是欺负弱者。

四、旁敲侧击

他偷东西，你骂他是贼；他抢东西，你骂他是盗，这是笨伯。骂人必须先明虚实掩映之法，须要烘托旁衬，旁敲侧击，于要紧处只一语便得，所谓杀人于咽喉处著刀。越要骂他你越要原谅他，即便说些恭维话亦不为过，这样的骂法才能显得你所骂的句句是真实确凿，让旁人看起来也可见得你的度量。

五、态度镇定

骂人最忌浮躁。一语不合，面红筋跳，暴躁如雷，此灌夫骂座，泼妇骂街之术，不足以骂人。善骂者必须态度镇静，行若无事。普通一般骂人，谁的声音高便算谁占理，谁来得势猛便算谁骂赢，惟真善骂人者，乃能避其而击其懈。你等他骂得疲倦的时候，你只消轻轻的回敬他一句，让他再狂吼一阵。在他暴躁不堪的时候，你不妨对他冷笑几声，包管你不费力气，把他气得死去活来，骂得他针针见血。

六、出言典雅

骂人要骂得微妙含蓄，你骂他一句要使他不甚觉得是骂，等到想过一遍才慢慢觉悟这句话不是好话，让他笑着的面孔由白而红，由红而紫，由紫而灰，这才是骂人的上乘。欲达到此种目的，深刻之用词故不可少，而典雅之言词尤为重要。言词典雅则可使听者不致刺耳。如要骂人骂得典雅，则首先要在骂时万万别提起女人身上的某一部分，万万不要涉及生理学范围。骂人一骂到生理学范围以内，底下再有什么话都不好说了。譬如你骂某甲，千万别提起他的令堂令妹。因为那样一来，便无是非可言，并且你自己也不免有令堂令妹，他若回敬起来，岂非势均力敌，半斤八两？再者骂人的时候，最好不要加人以种种难堪的名词，称呼起来总要客气，即使他是极卑鄙的小人，你也不妨称他先生，越客气，越骂得有力量。骂得时节最好引用他自己的词句，这不但可以使他难堪，还可以减轻他对你骂的力量。俗话少用，因为俗话一览无遗，不若典雅古文曲折含蓄。

七、以退为进

两人对骂，而自己亦有理屈之处，则处于开骂伊始，特宜注意，最好是毅然将自己理屈之处完全承认下来，即使道歉认错均不妨事。先把自己理屈之处轻轻遮掩过去，然后你再重整旗鼓，著著逼人，方可无后顾之忧。即使自己没有理屈的地方，也绝不可自行夸张，务必要谦逊不遑，把自己的位置降到一个不可再降的位置，然后骂起人来，自有一种公正光明的态度。否则你骂他一两句，他便以你个人的事反唇相讥，一场对骂，会变成两人私下口角，是非曲直，无从判断。所以骂人者自己要低声下气，此所谓以退为进。

八、预设埋伏

你把这句话骂过去，你便要想想看，他将用什么话骂回来。有眼光的骂人者，便处处留神，或是先将他要骂你的话替他说出来，或是预先安设埋伏，令他骂回来的话失去效力。他骂你的话，你替他说出来，这便等于缴了他的械一般。预设埋伏，便是在要攻击你的地方，你先轻轻的安下话根，然后他骂过来就等于枪弹打在沙包上，不能中伤。

九、小题大做

如对方有该骂之处，而题目身小，不值一骂，或你所知不多，不足一骂，那时节你便可用小题大做的方法，来扩大题目。先用诚恳而怀疑的态度引申对方的意思，由不紧要之点引到大题目上去，处处用严谨的逻辑逼他说出不逻辑的话来，或是逼他说出合于逻辑但不合乎理的话来，然后你再大举骂他，骂到体无完肤为止，而原来惹动你的小题目，轻轻一提便了。

十、远交近攻

一个时候，只能骂一个人，或一种人，或一派人。决不宜多树敌。所以骂人的时候，万勿连累旁人，即时必须牵涉多人，你也要表示好意，否则回骂之声纷至沓来，使你无从应付。

　　骂人的艺术，一时所能想起来的有上面十条，信手拈来，并无条理。我做此文的用意，是助人骂人。同时也是想把骂人的技术揭破一点，供爱骂人者参考。挨骂的人看看，骂人的心理原来是这样的，也算是揭破一张黑幕给你瞧瞧！

谈幽默

幽默是 humor 的音译，译得好，音义兼顾，相当传神，据说是林语堂先生的手笔。不过幽默二字，也是我们古文学中的现成语。《楚辞·九章·怀沙》："眴兮杳杳，孔静幽默。"幽默是形容山高谷深荒凉幽静的意思，幽是深，默是静。我们现在所要谈的幽默，正是意义深远耐人寻味的一种气质，与成语幽默二字所代表的意思似乎颇为接近。现在大家提起幽默，立刻想起原来幽默二字的意思了。

幽默一语所代表的那种气质，在西方有其特定的意义与历史。据古代生理学，人体有四种液体：血液、黏液、黄胆液、黑胆液。这些液体名为幽默（humours），与四元素有密切关联。血似空气，湿热；黄胆液似火，干热；黏液似水，湿冷；黑胆液似土，干冷。某些元素在某一种液体中特别旺盛，或几种液体之间失去平衡，则人生病。液体蒸发成气，上升至脑，于是人之体格上的、心理上的、道德上的特点于以形成，是之谓他的脾气性格，或径名之曰他的幽默。完好的性格是没有一种幽默主宰他。乐天派的人是血气旺，善良愉快而多情。胆气粗的人易怒，焦急、顽梗、记仇。黏性人迟钝，面色苍白、怯懦。忧郁的人贪吃、畏缩、多愁善感。幽默之反常状态能进一步导致夸张的特点。在英国伊丽莎白时代，幽默一词成了人的"性格"（disposition）的代名词，继而成了"情绪"（mood）的代名词。到了一六〇〇年代，常以幽默作为人物分类的准绳。从十八世纪初起，英语中的幽默一语专用于语文中之足以引人发笑的一类。幽默作家常是别具只眼，能看出人类行为之荒谬、矛盾、滑稽、虚伪、可哂之处，从而以犀利简洁之方式一语点破。幽默与警语（wit）不同，前者出之以同情委婉之态度，后者出之以尖锐讽刺之态度，而二者又常不可分辨。例如莎士比亚创造的人物之中，孚斯塔夫滑稽突梯，妙语如珠，便是混合了幽默与警语之最好的榜样之一。

幽默一词虽然是英译，可是任何民族都自有其幽默。常听人说我们中国人缺乏幽默感。在以儒家思想为正统的社会里，幽默可能是不被鼓励的，但是我们看《诗经·卫风·淇奥》："善戏谑兮，不为虐兮。"谑而不虐仍不失为美德。东方朔、淳于髡，都是滑稽之雄。太史公曰："天道恢恢，岂不大哉？谈言微中，亦可以解纷。"为立滑稽列传。较之西方文学，我们文学中的幽默成分并不晚出，也并未被轻视。宋元明理学大盛，教人真心诚意居敬穷理，好像容不得幽默存在，但是文学作家，尤其是戏剧与小说的作者，在编写行文之际从来没有舍弃幽默的成分。几乎没有一部小说没有令人绝倒的人物，几乎没有一出戏没有小丑插科打诨。至于明末流行的笑话书之类，如冯梦龙《笑府序》所谓"古今世界一大笑府，我与若皆在其中供话柄，不话不成人，不笑不成话，不笑不话不成世界"，直把笑话与经书子史相提并论，更不必说了。我们中国人不一定比别国人缺乏幽默感，不过表现的方式容或不同罢了。

我们的国语只有四百二十个音缀，而语词不下四千（高本汉这样说）。这就是说，同音异义的字太多，然而这正大量提供了文字游戏的机会。例如诗词里"晴""情"二字相关，俗话中生熟的"生"与生育的"生"二字相关，都可以成为文字游戏。能说这是幽默么？在英国文学里，相关语（pun）太多了，在十六世纪时还成了一种时尚，为雅俗所共赏。文字游戏不是上乘的幽默，灵机触动，偶一为之，尚无不可，滥用就惹人厌。幽默的精义在于其中所含的道理，而不在于舞文弄墨博人一粲。

　　所以善幽默者，所谓幽默作家（humourists），其人必定博学多识，而又悲天悯人，洞悉人情世故，自然的谈唾珠玑，令人解颐。英小说家萨克莱于一八五一年作一连串演讲，《英国十八世纪幽默作家》，刊于一八五三年，历述绥夫特、斯特恩等的思想文字，着重点皆在于其整个的人格，而不在于其支离琐碎的妙语警句。幽默引人笑，引人笑者并不一定就是幽默。人的幽默感是天赋的，多寡不等，不可强求。

　　王尔德游美，海关人员问他有没有应该申报纳税的东西，他说："没有什么可申报的，除了我的天才之外。"这回答很幽默也很自傲。他可以这样说，因为他确是有他一分的天才。别人不便模仿他。我们欣赏他这句话，不是欣赏他的恃才傲物，是欣赏他讽刺了世人重财物而轻才智的陋俗的眼光。我相信他事前没有准备，一时兴到，乃脱口而出，语妙天下，讥嘲与讽刺常常有幽默的风味，中外皆然。

我有一次为文，引述了一段老的故事：某寺僧向人怨诉送往迎来不胜其烦，人劝之曰，"尘劳若是，何不出家？"稿成，投寄某刊物，刊物主编以为我有笔误，改"何不出家"为"何必出家"，一字之差，点金成铁。他没有意会到，反语（irony）也往往是幽默的手段。

好书谈

从前有一个朋友说，世界上的好书，他已经读尽，似乎再没有什么好书可看了。当时许多别的朋友不以为然，而较长一些的朋友就更以为狂妄。现在想想，却也有些道理。

世界上的好书本来不多，除非爱书成癖的人（那就像抽鸦片抽上瘾一样的），真正心悦诚服地手不释卷，实在有些稀奇。还有一件最令人气短的事，就是许多最伟大的作家往往没有什么凭借，但却做了后来二三流的人的精神上的财源了。柏拉图、孔子、屈原，他们一点一滴，都是人类的至宝，可是要问他们从谁学来的，或者读什么人的书而成就如此，恐怕就是最善于说谎的考据家也束手无策。这事有点儿怪！难道真正伟大的作家，读书不读书没有什么关系么？读好书或读坏书也没有什么影响么？

叔本华曾经说好读书的人就好像惯于坐车的人，久而久之，就不能在思想上迈步了。这真唤醒人的迷梦不小！小说家瓦塞曼竟又说过这样的话，认为倘若为了要鼓起创作的勇气，只有读二流的作品。因为在读二流的作品的时候，他可以觉得只要自己一动手就准强。倘读第一流的作品却往往叫人减却了下笔的胆量。这话也不能说没有部分的真理。

也许世界上天生有种人是作家，有种人是读者。这就像天生有种人是演员，有种人是观众；有种人是名厨，有种人却是所谓老饕。

演员是不是十分热心看别人的戏，名厨是不是爱尝别人的菜，我也许不能十分确切地肯定，但我见过一些作家，却确乎不大爱看别人的作品。如果是同时代的人，更如果是和自己的名气不相上下的人，大概尤其不愿意寓目。我见过一个名小说家，他的桌上空空如也，架上仅有的几本书是他自己的新著，以及自己所编过的期刊。我也曾见过一个名诗人（新诗人），他的唯一读物是《唐诗三百首》，而且在他也尽有多余之感了。这也不一定只是由于高傲，如果分析起来，也许是比高傲还复杂的一种心理。照我想，也许是真像厨子（哪怕是名厨），天天看见油锅油勺，就腻了。除非自己逼不得已而下厨房，大概再不愿意去接触这些家伙，甚而不愿意见一些使他可以联想到这些家伙的物事。职业的辛酸，也有时是外人不晓得的。唐代的阎立本不是不愿意自己的儿子再做画师么？以教书为生活的人，也往往看见别人在声嘶力竭地讲授，就会想到自己，于是觉得"惨不忍闻"。做文章更是一桩呕心血的事，成功失败都要有一番产痛，大概因此之故不忍读他人的作品了。

撇开这些不说，站在一个纯粹读者而论，却委实有好书不多的实感。分量多的书，糟粕也就多。读读杜甫的选集十分快意，虽然有些佳作也许漏过了选者的眼光。读全集怎么样？叫人头痛的作品依然不少。据说有把全集背诵一字不遗的人，我想这种人不是缺乏美感，就只是为了训练记忆。顶讨厌的集子更无过于陆放翁，分量那么大，而佳作却真寥若晨星。反过来，《古诗十九首》，郭璞游仙诗十四首却不能不叫人公认为人类的珍珠宝石。钱钟书的小说里曾说到一个产量大的作家，在房屋恐慌中，忽然得到一个新居，满心高兴，谁知一打听，才知道是由于自己的著作汗牛充栋的结果，把自己原来的房子压塌，而一直落在地狱里了。这话诚然有点儿刻薄，但也许对于像陆放翁那样不知趣的笨伯有一点点儿益处。

古今来的好书，假若让我挑选，我举不出十部。而且因为年龄环境的不同，也不免随时有些更易。单就目前论，我想是：《柏拉图对话录》、《论语》、《史记》、《世说新语》、《水浒传》、《庄子》、《韩非子》，如此而已。其他的书名，我就有些踌躇了。或者有人间：你自己的著作可以不可以列上？我很悲哀，我只有毫不踌躇地放弃附骥之想了。一个人有勇气（无论是糊涂或欺骗）是可爱的，可惜我不能像上海某名画家，出了一套世界名画选集，却只有第一本，那就是他自己的"杰作"！

谈考试

少年读书而要考试，中年做事而要谋生，老年悠闲而要衰病，这都是人生苦事。

考试已经是苦事，而大都是在炎热的夏天举行，苦上加苦。我清晨起身，常见三面邻家都开着灯弦歌不辍；我出门散步，河畔田埂上也常见有三三两两的孩子们手不释卷。这都是一些好学之士么？也不尽然。我想其中有很大一部分是在临阵磨枪。尝闻有"读书乐"之说，而在考试之前把若干知识填进脑壳的那一段苦修，怕没有什么乐趣可言。

其实考试只是一种测验的性质，和量身高体重的意思差不多，事前无须恐惧，临事更无须张皇。考的时候，把你知道的写出来，不知道的只好阙疑，如是而已。但是考试的后果太大了。万一名在孙山之外，那一份落第的滋味好生难受，其中有惭恶，有怨愤，有沮丧，有悔恨，见了人羞答答，而偏有人当面谈论这回事。这时节，人的笑脸都好像是含着讥讽，枝头鸟啭都好像是在嘲弄，很少人能不顿觉人生乏味，其后果犹不止于此，这可能是生活上一大关键，眼看着别人春风得意，自己从此走向下坡。考试的后果太重大，所以大家都把考试看得很认真。其实考试的成绩，老早的就由自己平时读书时所决定了。

人苦于不自知。有些人根本无须去受考试的煎熬，但存一种侥幸心理，希望时来运转，一试得售。上焉者临阵磨枪，苦苦准备；中焉者揣摩试题，从中取巧；下焉者关节舞弊，浑水摸鱼。用心良苦，而希望不大。现代考试方法，相当公正，甚少侥幸可能。虽然也常闻有护航顶替之类的情形，究竟是少数的例外。如果自知仅有三五十斤的体重，根本就不必去攀到千斤大秤的钩子上去上吊。冒冒然去应试，只是凑热闹，劳民伤财，为别人做垫脚石而已。

对于身受考试之苦的人，我是很同情的。考试的项目多，时间久，一关一关地闯下来，身上的红血球不知要死去多少千万。从前科举考场里，听说还有人在夜里高喊："有恩的报恩，有怨的报怨！"那一股阴森恐怖的气氛是够怕人的。真有当场昏厥、疯狂、自杀的！现代的考场光明多了，不再是鬼影幢幢，可是考场如战场，还是够紧张的。我有一位同学，最怕考数学，一看题目纸，立刻脸上变色，浑身寒战，草草考完之后便佝偻着身子回到寝室去换裤子！其神经系统所受的打击是可以想象的！

受苦难的不只是考生。主持考试的人也是在受考验。先说命题，出这题目来难人，好像是最轻松不过，但亦不然。千目所视，千手所指，是不能掉以轻心的。我记得我的表弟在二十几年前投考一个北平的著名的医学院，国文题目是："卞壹不苟时好论"。全体交了白卷。考医学院的学生，谁又读过《晋书》呢？甚至可能还把"卞壹"读做"便壶"了呢。出题目的是谁，我不知道，他此后是否仍然心安理得地继续活下去，我亦不知道。大概出题目不能太僻，亦不能太泛。假使考留学生，作文题目是《我出国留学的计划》，固然人人都可以诌出一篇来，但很可能有人早预备好一篇成稿，这样便很难评分而不失公道。出题目而要恰如分际，不刁钻，不炫弄，不空泛，不含糊，实在很难。在考生挥汗应考之前，命题的先生早已汗流浃背好几次了。再说阅卷，那也可以说是一种灾难。真的，曾有人于接连十二天阅卷之后，吐血而亡，这实在应该比照阵亡例议恤。阅卷百苦，尚有一乐，荒谬而可笑的试卷常常可以使人绝倒，四座传观，粲然皆笑，精神为之一振。我们不能不叹服，考生中真有富于想象力的奇才。最令人不愉快的卷子是字迹潦草的那一类，喻为涂鸦，还嫌太雅，简直是墨盒里的蜘蛛满纸爬！有人在宽宽的格子中写蝇头小字，也有人写一行字要占两行，有人全页涂抹，也有人曳白。像这种不规则的试卷，在饭前阅览，犹不过令人蹙眉，在饭后阅览，则不免令人恶心。

有人颇艳羡美国大学之不用入学考试。那种免试升学的办法是否适合我们的国情，是一个问题。据说考试是我们的国粹，我们中国人好像自古以来就是"考省不倦"的。考试而至于科举可谓登峰造极，三榜出身仍是唯一的正规的出路。至于今，考试在我们的生活当中已形成为不可少的一部分。英国的卡赖尔在他的《英雄与英雄崇拜》里曾特别指出，中国的考试制度，作为选拔人才的方法，实在太高明了。所谓政治学，其要义之一即是如何把优秀的分子选拔出来放在社会的上层。中国的考试方法，由他看来，是最聪明的方法。照例，外国人说我们的好话，听来特别顺耳，不妨引来自我陶醉一下。平心而论，考试就和选举一样，属于"必需的罪恶"一类，在想不出更好的办法之前,考试还是不可废的。我们现在所能做的,是如何改善考试的方法,要求其简化,要求其合理,不要令大家把考试看做为戕贼身心的酷刑!

听,考场上战鼓又响了,由远而近!

谈友谊

朋友居五伦之末，其实朋友是极重要的一伦。所谓友谊实即人与人之间的一种良好的关系，其中包括了解、欣赏、信任、容忍、牺牲……诸多美德。如果以友谊做基础，则其他的各种关系如父子夫妇兄弟之类均可圆满地建立起来。当然父子兄弟是无可选择的永久关系，夫妇虽有选择余地，但一经结合便以不再仳离为原则，而朋友则是有聚有散可合可分的。不过，说穿了，父子夫妇兄弟都是朋友关系，不过形式性质稍有不同罢了。严格地讲，凡是充分具备一个好朋友的条件的人，他一定也是一个好父亲、好儿子、好丈夫、好妻子、好哥哥、好弟弟。反过来亦然。

我们的古圣先贤对于交友一端是甚为注重的。《论语》里面关于交友的话很多。在西方亦是如此。罗马的西塞罗有一篇著名的《论友谊》，法国的蒙田、英国的培根、美国的爱默生，都有论友谊的文章。我觉得近代的作家在这个题目上似乎不大肯费笔墨了。这是不是叔季之世友谊没落的征象呢？我不敢说。

古之所谓"刎颈交"，陈义过高，非常人所能企及。如 Damon 与 Pythias，David 与 Jonathan，怕也只是传说中的美谈罢。就是把友谊的标准降低一些，真正能称得起朋友的还是很难得。试想一想，如有银钱经手的事，你信得过的朋友能有几人？在你蹭蹬失意或疾病患难之中还肯登门拜访乃至雪中送炭的朋友又有几人？你出门在外之际对于你的妻室弱媳肯加照顾而又不照顾得太多者又有几人？再退一步，平素投桃报李，莫逆于心，能维持长久于不坠者，又有几人？总角之交，如无特别利害关系以为维系，恐怕很难在若干年后不变成为路人。富兰克林说："有三个朋友是忠实可靠的——老妻、老狗与现款。"妙的是这三个朋友都不是朋友。倒是亚里士多德的一句话最干脆："我的朋友们啊！世界上根本没有朋友。"这些话近于愤世嫉俗，事实上世界里还是有朋友的，不过虽然无须打着灯笼去找，却是像沙里淘金而且还需要长时间的洗练。一旦真铸成了友谊，便会金石同坚，永不退转。

大抵物以类聚，人以群分。臭味相投，方能永以为好。交朋友也讲究门当户对，纵不必像九品中正那么严格，也自然有个界限。"同学少年多不贱，五陵裘马自轻肥"，于"自轻肥"之余还能对着往日的旧游而不把眼睛移到眉毛上边么？汉光武容许严子陵把他的大腿压在自己的肚子上，固然是雅量可风，但是严子陵之毅然决然地归隐于富春山，则尤为知趣。朱洪武写信给他的一位朋友说："朱元璋做了皇帝，朱元璋还是朱元璋……"话自管说得很漂亮，看他后来之诛戮功臣，也就不免令人心悸。人的身心构造原是一样的，但是一入宦途，可能发生突变。孔子说："无友不如己者。"我想一来只是指品学而言，二来只是说不要结交比自己坏的，并没有说一定要我们去高攀。友谊需要两造，假如双方都想结交比自己好的，那便永远交不起来。

好像是王尔德说过，"一个男人与一个女人之间是不可能有友谊存在的。"就一般而论,这话是对的,因为男女之间如有深厚的友谊,那友谊容易变质,如果不是心心相印,那又算不得是友谊。过犹不及,那分际是难以把握的。忘年交倒是可能的。祢衡年未二十,孔融年已五十,便相交友,这样的例子史不绝书。但似乎是也以同性为限。并且以我所知,忘年交之形成故有赖于兴趣之相近与互相之器赏,但年长的一方面多少需要保持一点童心,年幼的一方面多少需要显着几分老成。老气横秋则令人望而生畏,轻薄儇佻则人且避之若浼。单身的人容易交朋友,因为他的情感无所寄托,漂泊流离之中最需要一个一倾积愫的对象,可是等到他有红袖添香稚子候门的时候,心境便不同了。

"君子之交淡如水",因为淡所以才能不腻,才能持久。"与朋友交,久而敬之",敬也就是保持距离,也就是防止过分的亲昵。不过"狎而敬之"是很难的。最要注意的是,友谊不可透支,总要保留几分。Mark Twain 说:"神圣的友谊之情,其性质是如此的甜蜜、稳定、忠实、持久,可以终身不渝,如果不开口向你借钱。"这真是慨乎言之。朋友本有通财之谊,但这是何等微妙的一件事!世上最难忘的事是借出去的钱,一般认为最倒霉的事又莫过于还钱。一牵涉到钱,恩怨便很难清算得清楚,多少成长中的友谊都被这阿堵物所戕害!

规劝乃是朋友中间应有之义,但是谈何容易。名利场中,沆瀣一气,自己都难以明辨是非,哪有余力规劝别人?而在对方则又良药苦口忠言逆耳,谁又愿意让人批他的逆鳞?规劝不可当着第三者的面前行之，以免伤他的颜面，不可在他情绪不宁时行之，以免逢彼之怒。孔子说："忠告而善道之，不可则止。"我总以为劝善规过是友谊之消极的作用。友谊之乐是积极的。只有神仙与野兽才喜欢孤独，人是要朋友的。"假如一个人独自升天，看见宇宙的大观，群星的美丽，他并不能感到快乐，他必要找到一个人向他述说他所见的奇景，他才能快乐。"共享快乐，比共受患难，应该是更正常的友谊中的趣味。

谈谜

"谜"字不见经传,始见于六朝,即"迷"之俗字。亦即古之"隐语"。"谜"这个东西,当然发生很早,远在"谜"这个字出现之前。然而亦不会太早,因为这究竟是一种文字游戏,一定是文明有相当发展时才能生出来的。"谜"最兴盛的时候,即是八股文最兴盛的时候,因为谜与八股都是文字游戏,并且习八股者熟读四书五经,除蓄意要"代圣人立言"之外,间有机智之士,截取经文,创制为谜,颠之倒之,工益求工,遂多巧妙之作。谜之取材,大半出于四书五经,正因四书五经为制谜者与猜谜者所共同熟诵之书,并且以"圣贤之书"供游戏之用,格外显得滑稽。所以,谜在八股文盛行的时候发达起来,成为艺苑支流,文人余事。古谜率皆平浅朴拙"黄绢幼妇"之类已经算是难得的佳话了,因古人无此闲情逸致,纵有闲情逸致,亦另有出路,不必在四书五经之内寻章摘句探赜钩深;唯有八股文人,才愿在文字上镂心雕肝地卖弄聪明。所以我每次欣赏一个佳谜,总觉得谜的背后隐着一个面黄肌瘦强作笑容的八股书生。我想,科举已废,猜谜一道将要式微了吧?

以上是说文人之谜。民间也有谜。乡间男女,目不识丁,而瓜棚豆架,没有不懂猜谜之乐的。他们的谜,固然浅陋可笑,然而在粗率的人看来,已经是很费心机的了。民间的谜,还谈不到文字游戏,只是最简单的思想上的游戏。一般小孩子都欢喜猜谜,小学教科书以及儿童读物里也有采用谜的。大概猜谜的游戏除了供文人消遣之外还可以给一般的没有多少知识的人（乡民与孩提）以很大的愉乐罢？民间的谜与儿童的谜往往采用韵语的形式，也正因为韵语乃平民与儿童所最乐于接受的缘故。

在英国文学史里，谜也有它的地位。但是一个不重要的地位。在 8 世纪初，有一位诗人名奇尼乌尔夫（Cynewulf），据说他作过九十五首谜诗，保存在那著名的古英文学宝库之一的"Exeter Book"里面。这些谜之所以成为古英文学的一部分，是因为，古英文学根本不很丰富，所以用现代眼光看来没有什么文学价值的东西，在古英文学的堆里便显得有相当精彩了。这些谜，若是近代人作的，恐怕没有人肯加以一顾。只因为它古，所以我们觉得它难得可贵。我现在试译一首于下，以见一斑。

蠹虫
虫子吃字！
我觉得是件怪事——
一只虫子能吞人的言语，
黑暗中偷去有力的词句，
强者的思想；而这鬼东西
吃了文字却也不见得就更伶俐！

这已经是比较的有趣的一首了。我们却不能不认为是很浅陋。

（对于这个题目感觉兴趣的人，请看 A.T.W yaff 编 "Old English Riddies"，Boston，1912）古英文的时代过去了以后，谜就不再能在文学史更占一席之地了。谜不见得是没有人做，至少文学家是不干这套把戏了。英国的文学家不是不作文字游戏，他们也常常在文字上弄出一些小巧的玩意儿，例如，巢塞的 ABC 诗，以及十七世纪诗人创制的什么"塔形诗"、"柱形诗"之类，都是。然而这不是谜。文学家不再感觉谜有什么趣味，所以不再做谜，即使做谜，文学史家也绝不在文学史里给谜留任何位置。

在外国的民间，谜是流行的。十几年来盛行的 Cross Word Puzzle 也即是谜。外国儿童读物更也有许多的谜。谜能给一般民众与儿童以愉快，无间中外，是完全一样的。

不过撇开民间流行的谜和儿童读物里的谜不谈，单说谜与文人的关系，我们不能不承认，中外的情形相差很远。外国的谜（例如我上面所译的一个），虽然是文人做的，在性质上也和民间的儿童的谜没有多大分别，都是属于"状物"一类，其谜面是一段形容，其谜底是一件事物。中国的文人的谜，则真正的是文字游戏，谜面是一句文字，谜底还是一句文字。因此，中国文人的谜，比外国的深奥、曲折、工巧。

从一方面看，中国文人之风雅是外人所不及的，虽是游戏也在文字范围之内，不似外国文人以驰马摇船等等粗野的事为消遣。但从另一方面看，我们却感觉到中国旧式文人的生活之干枯单调。使得他们以剩余的精力消耗在文字游戏上面。中国文人最善于"舞文弄墨"，最善做钩心斗角文章，做八股文做策论是他们的职业，做谜猜谜也是他们的余兴。一贯的是在文字上翻花样。后天获得的习性是否遗传，我们不敢说，不过在文字上翻花样的习惯，确像是已变成为中国文人的天性了。

文学中类似谜的"譬喻法"、"双关语"、"象征主义"之类，都不是本文所欲谈的，故不及。

谈礼

礼不是一件可怕的东西，不会"吃人"。礼只是人的行为的规范。人人如果都自由行动，社会上的秩序必定要大乱，法律是维持秩序的一套方法，但是关于法律的力量不及的地方，为了使人能更像是一个人，使人的生活更像是人的生活，礼便应运而生。礼是一套法则，可能有官方制定的成分在内，亦可能有世代沿袭的成分在内，在基本精神上还是约定俗成的性质，行之既久，便成为大家公认共守的一套规则。一套礼法也不是一成不变的，事实上是随时在变，不过可能变得很慢，可能赶不上时代环境之变迁得那样快，因此至少在形式上可能有一部分变成不合时宜的东西。礼，除非是太不合理，总是比没有礼好。这道理有一点像"坏政府胜于无政府"。有些人以为礼是陈腐的有害的东西，这看法是不对的。

我们中国是礼义之邦，一向是重礼法的。见于书本的古代的祭礼丧礼婚礼士相见礼等等，那是一套，事实上社会上流行的又是一套，现行的一套即是古礼之逐渐的个别的修正，虽然各地情形不同，大体上尚有规模存在，等到中西文化接触之后便比较有紊乱的现象了。紊乱尽管紊乱，礼还是有的，制礼定乐之事也许不是当前急务，事实上吾人之生活中未曾一日无礼的活动。问题是我们是否认真地严肃地遵循着礼。孔门哲学以"克己复礼"为做人的大道理。意即为吾人行事应处处约束自己使合于礼的规范。怎样才是非礼勿视，非礼勿言，非礼勿动，那是值得我们随时思考警惕的。

读书人应该知道礼，但是有些人偏不讲礼，即所谓名士。六朝时这种名士最多，《世说新语》载阮籍的一句话最有趣："礼岂为我辈设也？"好像礼是专为俗人而设。又载这样的一段：

阮步兵丧母，裴令公往吊之。阮方醉，散发坐床，箕踞不哭。裴至，下席于地，哭谤毕，便去。或问裴曰："凡吊，主人哭，客乃为礼，阮既不哭，何为哭？"裴曰："阮方外之人，故不崇礼制，我辈俗中人，故以仪轨自居。"

时人叹为两得其中。

没有阮籍之才的人，还是以仪轨自居为宜。像阮步兵之流，我们可以欣赏，不可以模仿。

中西礼节不同。大部分在基本原则上并无二致，小部分因各有传统亦不必强同。以中国人而用西方的礼，有时候觉得颇不合适，如必欲行西方之礼则应知其全部底蕴，不可徒效其皮毛，而乱加使用。例如，握手乃西方之礼，但后生小子在长辈面前不可首先遽然伸手，因为长幼尊卑之序终不可废，中西一理。再例如，祭祖先是我们家庭传统所不可或缺的礼，其间绝无迷信或偶像崇拜之可言，只是表示"慎终追远"的意思，亦合于我国所谓之孝道，虽然是西礼之所无，然义不可废。我个人觉得，凡是我国之传统，无论其具有何种意义，苟非荒谬残酷，均应不轻予废置。再例如，电话礼貌，在西方甚为重视，访客之礼，探病之礼，均有不成文之法则，吾人亦均应妥为仿行，不可忽视。

礼是形式，但形式背后有重大的意义。

说俭

俭是我们中国的一项传统的美德。老子说他有三宝,其中之一就是"俭","俭故能广"。《易·否》:"君子以俭德辟难。"《书太甲上》:"慎乃俭德,唯怀永图。"《墨子·辞过》:"俭节则昌,淫逸则亡。"都是说俭才能使人有远大的前途,长久的打算,安稳的生活,古训昭然,不需辞费。读书人尤其喜欢以俭约自持,纵然显达,亦不欲稍涉骄溢,极端的例如正考父为上卿,粥以糊口,公孙弘位在三公,犹为布被,历史上都传为美谈。大概读书知礼之人,富在内心,应不以处境不同而改易其操守。佛家说法,七情六欲都要斩尽杀绝,俭更不成其为问题。所以,无论从哪一种伦理学说来看,俭都是极重要的一宗美德,所谓"俭,德之共也"就是这个意思。不过,理想自理想,事实自事实,奢靡之风亦不自今日始。一千年前的司马温公在他著名的《训俭示康》一文里,对于当时的风俗奢侈即已深致不满。"走卒类士服,农夫蹑丝履",他认为是怪事。士大夫随俗而靡,他更认为可异。可见美德自美德,能实践的人大概不多。也许正因为风俗奢侈,所以这一项美德才有不时地标出的必要。

在西洋,情形好像是稍有不同。柏拉图的"共和国",列举"四大美德"(Cardinal Virtues),而俭不在其内,后来罗马天主教会补列三大美德,俭亦不包括在内。当然基督教主张生活节约,这是众所熟知的。有人问 Thomas à Kempis(《效法基督》的作者):"你是过来人，请问和平在什么地方？"他回答说："在贫穷、在退隐、在与上帝同在。"不过这只是为修道之士说法，其境界不是一般人所能企及的。西洋哲学的主要领域是它的形而上学部分，伦理学不是主要部分，这是和我们中国传统迥异其趣的。所以在西洋俭的观念一向是很淡薄的。

西洋近代工业发达，人民生活水准亦因之而普遍提高。物质享受方面，以美国为最。美国是个年轻的国家，得天独厚，地大物博，人口稀少，秉承了欧洲近代文明的背景，而又特富开拓创造的精神，所以人民生活特别富饶，根本没有"饥荒心理"存在。美国人只要勤，并不要俭。有一分勤劳，即有一分收获；有一分收获，即有一分享受。美国的《独立宣言》明白道出其立国的目标之一是"追求幸福"，物质方面的享受当然是人生幸福中的一部分。"一箪食，一瓢饮"，在我们看是君子安贫乐道的表现，在美国人看是落伍的理想，至少是中古的禁欲派的行径。美国人不但要尽量享受，而且要尽量设法提前享受，分期付款制度的畅行，几乎使得人人经常地负上债务。

奢与俭本无明确界限，在某一时某一地并无亏于俭德之事，在另一时另一地即可构成奢侈行为。我们中国地大而物不博，人多而生产少，生活方式仍宜力持俭约。像美国人那样的生活方式，固可羡慕，但是不可立即模仿。

说胖

第三十二期《宇宙风》有《文学作家中的胖子》一文，署名为上官碧，其中有一段是说我的：

有人在某种刊物上说：北大教授梁实秋先生像个"老板"；以为教书神气像，划拳神气更像。穿的衣服本来和别人用的材料差不多，到他身上好像就光亮不同，说的话本来和别人是同一问题，到他口上好像就意义不同。这种描写当然不大确实。梁先生原籍虽是浙江，其实北京人的成分倒比较重。饭酒食肉的洪量不必说，只看看他译莎士比亚可以知道。北方人照例是爽直而坦白的，梁先生译莎士比亚戏剧用的就是这种可爱态度。因为剧本是韵文，不易译，译来又不易懂，梁先生就直爽坦白地用普通语体文译它。此外论诗也仿佛是一个北京人，"明白易懂"是他认为理想的好诗。

这一段话不管说得对不对，总是因为我胖，所以才被人编排在"文学作家中的胖子"之列，虽然我知道我压根儿就不是"文学作家"。一个文学作家，第一得"作"，第二得成"家"，我是不够这资格的，这个称呼应该留给更适当的人。至于"胖子"，则胖瘦之间原无明显的界限，我被列入胖子一类也是无可分辩的。不过若说我译莎士比亚用散文，并且以"明白易懂"为"理想的好诗"，都是因为我有较重的"北京人的成分"，这点道理可有点奥妙，可怜我是北京人，我不大懂了。用散文译莎士比亚，在这个世界上，我不是第一个人。法文里有散文译本，德文里也有散文译本。坪内逍遥的译本我没有见过，是不是散文我不知道。北京人成分不重的田汉先生，他译的莎士比亚也是散文的。用散文译莎士比亚是否合适，是一个可以讨论的问题，但是与我的籍贯似乎不见得有什么关系。至于说我以"明白易懂"为"理想的好诗"，则我真真不服，我从来没说过这样的话，我就是再胖些也不会说出这样的话。

胖是一种病，瘦也是一种病，所以最好还是不胖不瘦。假如不可能，那么也是以近于瘦比近于胖要好得多。何以呢？近于胖，则俗；近于瘦，则雅。一个文人，一个作家，总宜于瘦；一胖起来就觉得不称，就大可以加以检举引为谈料。李白有诗嘲杜甫："饭颗山头逢杜甫，头戴笠子日卓午。借问别来太瘦生，总为从前作诗苦。"李白大概是近于胖，所以才这样说。黄山谷和文潜诗："张侯哦诗松韵寒，六月火云蒸肉山。"这是拿胖人取笑的。传统的正规的文人相，是应该清癯纤瘦弱不胜衣的。《世说》："庾公造周伯仁，周曰：'君何所欣说而忽肥？'庾固：'君复何所忧惨而忽瘦？'伯仁曰：'吾无所忧，直是清虚日来，滓秽日去耳。'""心广体胖"还算是很客气的说法，若不客气地说，就是滓秽壅积，就是俗。

有些人，我们希望他是个瘦子，见下面他偏偏是个胖子，这时候我们心里不免就要泛起一种又惊异又失望的情绪，觉得是杀风景，扫兴！富贵中人应该是丰颐广颡了，然而也不尽然，在历史上司马温公便是著名的枯瘦。做"老板"的人也大有面如削瓜的。这虽然是例外，然而也就证明了一件事，人之胖瘦往往不由自主地惹看者扫兴失望，这实在是大大的遗憾。即以想象中的人物而论，就说我用散文译的那个莎士比亚罢，他的作品中的人物如福斯塔夫是个胖子，这是大家都满意的，不胖怎能显得是痴蠢？但是哈姆雷特就应该是近于清癯一类才对劲儿，然而呢，莎士比亚却把他写成一个胖子，他斗剑的时候，他的母亲不是说他太胖爱喘爱出汗吗？说起来也巧，莎士比亚的伙伴担任扮演哈姆雷特的白贝子也是个胖子。有人说，就因为这位演员胖，所以哈姆雷特才被写成为胖。这也许是，然而多么不合于我们的想象呀！

从健康上着想，胖是应该设法治疗的。"饮酒食肉"是致胖的原因之一，但素食戒酒也不一定就是特效的治疗法。若为了欲求免俗而设法祛胖，我以为是大可不必的。俗而胖，与俗而瘦，二者之间若要我选一个，我宁愿俗而胖，不愿俗而瘦，因为反正都是俗，与其外表风雅而内心俗陋，还不如里外如一的俗！

说酒

外国人喝酒，往往是站在酒柜旁边一杯一杯地往嗓子眼儿里灌，灌醉了之后是摇摇晃晃地吵架打人，以至于和女人歪缠。中国人喝酒比较文明些，虽然不一定要酒席下酒，至少也要一点花生米豆腐干之类。从喝酒的态度上来说，中国人无疑的是开化在先。

越是原始的民族，越不能抵抗酒的引诱。大家知道，美洲的红人，他们认为酒是很神秘的东西，他们不惜用最珍贵的东西（以至于土地）来换取白人的酒吃。莎士比亚所写的《暴风雨》一剧中曾描写了一个半人半兽的怪物卡力班，他因为尝着了酒的滋味，以至于不惜做白人的奴隶，因为酒的确有令人神往的效力。文明多一点的民族，对于酒便能比较的有节制些。我们中国人吃酒之雍容优闲的态度，是几千年陶炼出来的结果。

一个人能吃多少酒，是不得勉强的，所以酒为"天禄"。不过喝酒的"量"和"胆"是两件事。有胆大于量的，也有量大于胆的。酒胆大的人不是不知道酒醉的苦处，是明知其苦而有不能不放胆大喝的理由在，那理由也许是脆弱得很，但是由他自己看必是严重得不得了。对于大胆喝酒的人我们应该寄予他们同情。假如一个人月下独酌，罄茅台一瓶，颓然而卧，这个人的心里不是平静的，我们可以断言。他或是忧时愤世，或是怀旧思乡，或是情场失意，或是身世飘零，总之，必有难言之隐。他放胆吞酒，是想借了酒而逃避现实，这种态度虽然值得我们同情，但是不值得鼓励。

所谓酒量，那是因人而异的，有的人吃一两块糟溜鱼片而即醺醺然，有的人喝上两三斤花雕而面不改色。不过真正大酒量也不过是三四斤花雕或是一两瓶白兰地而已。常听见人说某人能吃多少酒，数量骇闻，这是靠不住的，这只能证明一件事，证明这个说话的人不会喝酒。只有不知酒味的人才会说张三能喝五斤白干，李四能喝两打啤酒。五斤白干，一下子喝下去，那也不是不可能，因为二两鸦片也曾有人一口吞下去。两打啤酒，一顿喝下去，其结果恐怕那个人嘴里要喷半天的白沫子罢。

酒喝过量，或哭或笑，或投江或上吊，或在床上翻斤斗，或关起门来打老婆这都是私人的事，我们管不着。唯有在公共场所，如果想要维持自己原来有的那一点点的体面与身份，则不能不注意所谓"酒德"也者。有酒德的人，不管他的胆如何、量如何，他能不因酒而令人增加对他的讨厌。我们中国人无论什么都喜欢配上四色八色以至十色，现在谈起来酒德我也可以列举八项缺德：

一是三杯下肚，使酒骂座，自讨没趣，举座不欢；

二是黏牙倒齿，话似车轮，话既无聊，状尤可厌；

三是高声叫嚣，张牙舞爪，扰乱治安，震入耳鼓；

四是借酒撒疯，举动儇薄，丑态百出，启人轻视；

五是酒后失常，借端动武，胜固无荣，败尤可耻；

六是呕吐酒食，狼藉满地，需人服侍，令人掩鼻；

七是……

我想不起来了，就算是六项罢。哪一项都要不得。善饮酒的人是得酒趣，而不缺酒德。以上我说的是关于喝酒的话，至于酒的本身，哪一种好，哪一种坏，那另有讲究，改日再续谈。

谈学者

在上一期的《文星》里看到居浩然先生的一篇文章，他把scholarship一字译成为"学格"。这一个字是不容易翻译得十分恰当的，因为它含义不太简单。从字面上讲，这个字分两部分，scholar+ship，其重心还是在前一半，ship表示特征、性质、地位等。韦氏字典所下的定义是：character or qualities of a schoolar; attainments in science or literature, formerly in classical literature；learning. 这一定义好像是很简单明了，但是很值得令我们想一想。什么是学者的特征与性质呢？换言之，怎样才能是一个学者呢？居先生提出了三点，第一是诚实，第二是认真，第三是纪律。愿再补充申说一下。

学者以探求真理为目的，故不求急功近利。学者研究一个问题，往往是很小的而且很偏僻的问题，不惜以狮子搏兔的手段，小题大做，有时候像是迂腐可笑，有时候像是玩物丧志。这种研究可能发生很大的影响，或给人以重要的启示，但亦可能不生什么实际的效果。在学者自身看来，凡是探求真理的努力都是有价值的，题目不嫌其小，不嫌其偏，但求其能有所发现，纵然终于不能有所发现，其探讨的过程仍然是有价值的。学者的态度是"无所为而为"的，是不计功利的。一个有志于学的人，我们只消看看他所研究的题目，就可以约略知道他是否有走上学问之途的希望。学者有时为了探讨真理，不惜牺牲其生命，不惜与权威抗衡，不为利诱自然是更不待言的了。

　　小题大做并不是一件容易事。要小题大做需先尽力发掘前人研究的成果与过程；需先对于此一小题所牵涉到的其他各方面的材料作一广泛的探讨，然后方能正式着手。题小，然后才能精到。可是这精到仍是建在广博的基础之上。题目若是大，则纵然用功甚勤，仍常嫌肤泛，可供通俗阅览，不能作专门参考。高谈义理，固然也是学问，不过若无切实的学识做后盾，便要流于空疏。题小而要大做，才能透彻，才能深入，才能巨细靡遗。所以学问之道是艰辛的。

　　学者有学者的尊严。他不屑于拾人涕唾，有所引证必注明出处，正文里不便述说则皆加脚注，最低限度引号是少不得的。凡是正式论文，必定脚注很多，这样可显示作者的功力与负责的态度。不注明出处，一方面是掠人之美，一方面是削弱了自己论证的力量。论文后面总是附有参考书目，从这书目也可窥见学者的素养。学者不发表正式论文则已，发表则必定全盘公布他的研究经过，没有一点夹带藏掖。

　　学者不肯强不知以为知。自己没有把握的材料，不但不可妄加议论，即使引述也往往失当，纰漏一出，识者齿冷。尝见文史作者，引证最新科学资料，或国学大师，引证外国文字，一知半解，引喻失当，自以为旁征博引，头头是道，实则暴露自己之无知与大胆，有失学者风度。

　　有了学者的态度，穷年累月地锲而不舍，自然有相当的造诣。但学者，永远是虚心的，偶有所得，亦不敢沾沾自喜，更不肯大吹大摇地目空一切，做小家子气。剑拔弩张的，火辣辣的，不是学者的气息，学者是谦冲的，深藏若壶的。

学者风度，中外一理。不过以我们的学校制度以及设备环境而论，我们要继续不断地一批批地培养学者，似乎甚有困难。以文字训练来说，现代文古文外国文都极重要，缺一不可，这只是工具的训练，并不是学问本身，而我们的一般青年学子中能有几人粗备语言文字的根底？现在的大学很少有淘汰作用，一入大学，便注定可以毕业，敷衍松懈，在学问上无纪律之可言，上课钟点奇多，而每课都是稀松。到外国去留学的学生，一开学便叫苦连天，都说功课分量重，一星期上三门课便忙不过来。以此例彼，便可知我们的教育积弊之所在。我们的学者，绝大部都是努力自修成功的，很少是学校机构培养出来的。这不是办法。国家不能等待着学者们自生自灭，国家需要有计划地培植青年学者，大量地生产，使之新陈代谢，日益精进。这不是一纸命令的事，也不是添设机构即可奏效，最要紧的莫过于稳定的生活与充足的设备。讲到学者的养成，所有的学术教育机构皆有责任。有人讥笑我们为文化沙漠，我们也大半自承学术气氛不足。须知现代的学者和从前不同，从前的人可以焚膏继晷皓首穷经，那时候的学术领域比较狭窄，现代的人做学问不能抱残守缺，需要图书馆实验室的良好设备来作辅助。我深感我们的高级学府培育人才，实际上是漫无目标，毕业出来的学生从事专门职业，则常嫌准备不足，继续研究做学问，则大部分根底也很差。这是很可虑的。

谈时间

希腊哲学家 Diogenes 经常睡在一只瓦缸里,有一天亚力山大皇帝走去看他,以皇帝的惯用的口吻问他:"你对我有什么请求吗?"这位玩世不恭的哲人翻了翻白眼,答道:"我请求你走开一点,不要遮住我的阳光。"

这个家喻户晓的小故事,究竟含义何在,恐怕见仁见智,各有不同的看法。我们通常总是觉得那位哲人视尊荣犹敝屣,富贵如浮云,虽然皇帝驾到,殊无异于等闲之辈,不但对他无所希冀,而且亦不必特别的假以颜色。可是约翰逊博士另有一种看法,他认为应该注意的是那阳光,阳光不是皇帝所能赐予的,所以请求他不要把他所不能赐予的夺了去。这个请求不能算奢,却是用意深刻。因此约翰逊博士由"光阴"悟到"时间",时间也者虽然也是极为宝贵,而也是常常被人劫夺的。

"人生不满百",大致是不错的。当然,老而不死的人,不是没有,不过期颐以上不是一般人所敢想望的。数十寒暑当中,睡眠去了很大一部分。苏东坡所谓"睡眠去其半",稍嫌有点夸张,大约三分之一左右总是有的。童蒙一段时期,说它是天真未凿也好,说它是昏昧无知也好,反正是浑浑噩噩,不知不觉;及至寿登耄耋,老悖聋瞑,甚至"佳丽当前,未能缱绻",比死人多一口气,也没有多少生趣可言。掐头去尾,人生所余无几。就是这短暂的一生,时间亦不见得能由我们自己支配。约翰逊博士所抱怨的那些不速之客，动辄登门拜访，不管你正在怎样忙碌，他觉得宾至如归，这种情形固然令人啼笑皆非，我觉得究竟不能算是怎样严重的"时间之贼"。他只是在我们的有限的资本上抽取一点捐税而已。我们的时间之大宗的消耗，怕还是要由我们自己负责。

有人说："时间即生命。"也有人说："时间即金钱。"二说均是，因为有人根本认为金钱即生命。不过细想一下，有命斯有财，命之不存，财于何有？要钱不要命者，固然实繁有徒，但是舍财不舍命，仍然是较聪明的办法。所以《淮南子》说："圣人不贵尺之璧而重寸之阴，时难得而易失也。"我们幼时，谁没有作过"惜阴说"之类的课艺？可是谁又能趁早体会到时间之"难得而易失"？我小的时候，家里请了一位教师，书房桌上有一座钟，我和我的姐姐常趁教师不注意的时候把时针往前拨快半个钟头，以便提早放学，后来被老师觉察了，他用朱笔在窗户纸上的太阳阴影画一痕记，作为放学的时刻，这才息了逃学的念头。

时光不断地在流转，任谁也不能攀住它停留片刻。"逝者如斯夫，不舍昼夜！"我们每天撕一张日历，日历越来越薄，快要撕完的时候便不免矍然以惊，惊的是又临岁晚，假使我们把几十册日历装为合订本，那便象征我们的全部的生命，我们一页一页地往下扯，该是什么样的滋味呢？"冬天一到，春天还会远吗？"可是你一共能看见几次冬尽春来呢？

不可挽住的就让它去罢！问题在，我们所能掌握的尚未逝去的时间，如何去打发它。梁任公先生最恶闻"消遣"二字，只有活得不耐烦的人才忍心地去"杀时间"。他认为一个人要做的事太多，时间根本不够用，哪里还有时间，可供消遣？不过打发时间的方法，亦人各不同，士各有志。乾隆皇帝下江南，看见运河上舟楫往来，熙熙攘攘，顾问左右："他们都在忙些什么？"和珅侍卫在侧，脱口而出："无非名利二字。"这答案相当正确，我们不可以人废言。不过三代以下唯恐其不好名，大概名利二字当中还是利的成分大些。"人为财死，鸟为食亡。"时间即金钱之说仍属不诬。诗人华兹华斯有句：

　　尘世耗用我们的时间太多了，夙兴夜寐，

　　赚钱挥霍，把我们的精力都浪费掉了。

　　所以有人宁可遁迹山林，享受那清风明月，"侣鱼虾而友麋鹿"，过那高蹈隐逸的生活。诗人济慈宁愿长时间地守着一株花，看那花苞徐徐展瓣，以为那是人间至乐。嵇康在大树底下扬槌打铁，"浊酒一杯，弹琴一曲"；刘伶"止则操卮执觚，动则挈榼提壶"，一生中无思无虑其乐陶陶。这又是一种颇不寻常的方式。最彻底的超然的例子是《传灯录》所记载的："南泉和尚问陆亘曰：'大夫十二时中作么生？'陆云：'寸丝不挂！'"寸丝不挂即是了无挂碍之谓，"原来无一物，何处染尘埃？"这境界高超极了，可以说是"以天地为一朝，万期为须臾"，根本不发生什么时间问题。

人，诚如波斯诗人莪谟伽耶玛所说，来不知从何处来，去不知向何处去，来时并非本愿，去时亦未征得同意，糊里糊涂地在世间逗留一段时间。在此期间内，我们是以心为形役呢？还是立德立功立言以求不朽呢？还是参究生死直超三界呢？这大主意需要自己拿。

略谈英文文法

　　三百多年前，英国没有讲英文文法的书。英文没有文法么？英国人说话不根据文法么？不。话不是这样说。任何文字当然有它一套组成的法则。大家说话，当然要根据一套公认的法则，否则大家随便乱讲，彼此无从互相了解了。不过，我们要知道，所谓文法也者，不是任谁武断订定的，乃是由公认的语言习惯中归纳出来的一个系统。先有语言，后有文字，然后再有文法书。三百多年前的时候，英国有一些学者开始感觉到有撰写文法书的需要，于是以拉丁文的文法为蓝本，利用拉丁文法上的各种专门术语，编写英文文法书。莎士比亚的时代，英国人尚没有研读英文文法的。如果他们研读文法，研读的是拉丁文法。那时候英国的中学叫做"文法学校"，那文法是拉丁文法，不是英文文法，那时候尚无英文文法这样一个名词。大体讲来，英文本是一种北方的语言，硬用拉丁文法去分析英文，其结果当然不免要有一些牵强，更随时要遇到例外。

　　语言是活的，随时在变，字义以及句法等等都在变。我们现代所认为不合文法的词句，往往正是二三百年前大家通用的英文。不用说两三百年，三五十年间就可能有显著的变化。所以"标准的英文"是很难讲的。每一时代有其不同的标准，拿五十年前甚至一百年前的文法书来衡量现代的英文，实在是自寻烦恼的事。

　　国人学习英文，喜欢从文法下手，以为一旦文法通晓，英文即可豁然贯通。这当然不是没有理由。不过这是一个旧法子，较新的法子是不从死板的抽象的文法理论下手，而去直接地去学习那活的语言方式。我们儿时学语，何尝理会什么文法，一年半载的工夫我们就会说话了。学习外国语，当然比较难得多，但是道理还是一样。合理的学习语言的方法，那是自然的学习方法。

这一点粗浅的道理，谁都晓得。所以我们的课程标准明白规定不许学校单独讲授文法。可是事实上，我知道许多学校依然是在讲解文法，学生们依然是在钻研文法。其所以如此，是因为大家都不免有一点惰性，不易接纳新的观点，同时也是因为平时我们没有把英文教好学好，急来抱佛脚，以为研读文法是学习英文的捷径。

文法不是不可以讲。是应该在略通若干语法例证以后，水到渠成，用抽象的法则来贯穿所学习的实例。句子的构造法最关重要。例如说，"我有一本书"，这在中文英文没有什么分别，用不着特别致力地去学习。"你住在那里？"这句话中英文就不一样了。这就需要反复练习，以养成语言习惯。中文语法和英文语法究竟有多少不同处，需要彻底研究，以这研究的结果来做英语教学的准则，是最合理的学习英文的方法。死记文法规则，"形容词分几种"，"子句有几种"……是事倍而功半的。

群芳小记

"老子爱花成癖"，这话我不敢说。爱花则有之，成癖则谈何容易。需要有一块良好的场地，有一间宽敞的温室，有各种应用的器材。更重要的是有健壮的体格，和充分的闲暇。我何足以语此。好不容易我有了余力，有了闲暇，但是曾几何时，人垂垂老矣！两臂乏力，腰不能弯，腿不能蹲。如何能够剪草、搬盆、施肥、换土？请一位园丁，几天来一次，只能帮做一点粗重的活。而且花是要自己亲手培养，看着它抽芽放蕊，才有趣味。像鲁迅所描写的"吐两口血，扶着丫鬟，到阶前看秋海棠"，那能算是享受么？

迁台以来，几度播迁，看到了不少可爱的花。但是我经过多少次的移徙，"乔迁"上了高楼，竟没有立锥之地可资利用，种树莳花之事乃成为不可能。无已，只好寄情于盆栽。幸而菁清爱花有甚于我者，她拓展阳台安设铁架，常不惜长途奔走载运花盆、肥土，戴上手套做园艺至于废寝忘食。如今天晴日丽，我们的窗前绿意盎然。尤其是她培植的"君子兰"由一盆分为十余盆，绿叶黄花，葳蕤多姿。我常想起黄山谷的句子："白发黄花相牵挽，付与旁人冷眼看。"

菁清喜欢和我共同赏花，并且要我讲述一些有关花木的见闻，爰就记忆所及，拉杂记之。

（一）海棠

海棠的风姿艳质，于群芳之中颇为突出。

我第一次看到繁盛缤纷的海棠是在青岛的第一公园。二十年春，值公园中樱花盛开，夹道的繁花如簇，交叉蔽日，蜜蜂嗡嗡之声盈耳，游人如织。我以为樱花无色无香，纵然蔚为雪海，亦无甚足观，只是以多取胜。徘徊片刻，乃转去苗圃，看到一排排西府海棠，高及丈许，而花枝招展，绿鬓朱颜，正在风情万种、春色撩人的阶段，令人有忽逢绝艳之感。

海棠的品种繁多，以"西府"为最胜，其姿态在"贴梗""垂丝"之上。最妙处是每一花苞红得像胭脂球，配以细长的花茎，斜欹挺出而微微下垂，三五成簇。凡是花，若是紧贴在梗上，便无姿态，例如茶花，好的品种都是花朵挺出的。樱花之所以无姿态，便是因为无花茎。榆叶梅之类更是品斯下矣。海棠花苞最艳，开放之后花瓣的正面是粉红色，背面仍是深红，俯仰错落，秾淡有致。海棠的叶子也陪衬得好，嫩绿光亮而细致。给人整个的印象是娇小艳丽。我立在那一排排的西府海棠前面，良久不忍离去。

十余年后我才有机会在北平寓中垂花门前种植四棵西府海棠，着意培植，春来枝枝花发，朝夕品赏，成为毕生快事之一。明初诗人袁士元和刘德彝《海棠》诗有句云："主人爱花如爱珠，春风庭院如画图。"似此古往今来，同嗜者不在少。两蜀花木素盛，海棠尤为著名。昌州（今大足县）且有"海棠香国"之称。但是杜工部经营草堂，广栽花木，独不及海棠，诗中亦不加吟咏，或谓避母讳，不知是否有据。唐诗人郑谷《蜀中赏海棠》诗云："浓淡芳春满蜀乡，半随风雨断莺肠。浣花溪上堪惆怅，子美无心为发扬。"其言若有憾焉。

以海棠与美人春睡相比拟，真是联想力的极致。《唐书·杨贵妃传》："明皇登沉香亭，召杨妃，妃被酒新起，命力士从侍儿扶掖而至。明皇笑曰：'此真海棠睡未足耶？'"大概是海棠的那副懒洋洋的娇艳之状像是美人春睡初起。究竟是海棠像美人，还是美人像海棠，倒是一个有趣的问题。苏东坡一首《海棠》诗有句云："林深雾暗晓光迟，日暖风清春睡足。"是把海棠比作美人。

秦少游对于海棠特别感兴趣。宋释惠洪《冷斋夜话》："少游在横州，饮于海棠桥，桥南北多海棠，有老书生家于海棠丛间。少游醉宿于此，明日题其柱云：'唤起一声人悄，衾暖梦寒窗晓。瘴雨过，海棠开，春色又添多少？社瓮酿成微笑，半破瘿瓢共舀。觉倾倒，急投床，醉乡广大人间小。'"家于海棠丛中，多么风流！少游醉后题词，又是多么潇洒！少游家中想必也广植海棠，因为同为苏门四学士的晁补之有一首《喜朝天》，注"秦宅海棠作"，有句云："碎锦繁绣，更柔柯映碧，纤擘匀殷。谁与将红间白。采薰笼，仙衣覆斑斓。如有意，浓妆淡抹，斜倚阑干。"刻画得淋漓尽致。

（二）含笑

白朴的曲子《广东原》有这样的一句："忘忧草，含笑花，劝君闻早宜冠挂。"以忘忧草（即萱草）与含笑花作对，很有意思。大概是语出欧阳修《归田录》："丁晋公在海南，篇咏尤多，如'草解忘忧忧底事，花名含笑笑何人？'尤为人所传诵。"含笑花是什么样子，我从未见过，因为它是南方花木，北地所无。

我来到台湾之后十年，开始经营小筑，花匠为我在庭园里栽了一棵含笑。是一人来高的灌木，叶小枝多，毫无殊相。可是枝上有累累的褐色花苞，慢慢长大，长到像莲实一样大，颜色变得淡黄，在燠热湿蒸的天气中，突然绽开。不是突然展瓣，是花苞突然裂开小缝，像是美人的樱唇微绽，一缕浓烈的香气荡漾而出。所以名为含笑。那香气带着甜味，英文俗名称为"香蕉灌木"（banana shrub），名虽不雅，确是贴切。宋人陈善《扪虱新话》："含笑有大小，小含笑香尤酷烈。四时有花，唯夏中最盛。又有紫含笑、茉莉含笑。皆以日夕入稍阴则花开。初开香尤扑鼻。予山居无事，每晚凉坐山亭中，忽闻香风一阵，满室郁然，知是含笑开矣。"所记是实。含笑易谢，不待隔日即花瓣敞张，露出棕色花心，香气亦随之散尽。落花狼藉满地。但是翌日又有一批花苞绽开，如是持续很久。淫雨之后，花根积水，遂渐呈枯零之态。急为垫高地基，盖以肥土，以利排水，不久又欣欣向荣，花苞怒放了。

大抵花有色则无香，有香则无色。不知是否上天造物忌全？含笑异香袭人，而了无姿色，在群芳中可独树一格。宋人姚宽《西溪丛语》载"三十客"之说，品藻花之风格，其说曰："牡丹，贵客。梅，清客。李，幽客。桃，妖客。杏，艳客。莲，溪客。木樨，严客。海棠，蜀客。……含笑，佞客。"含笑竟得佞客之名，殊难索解。佞有伪善或谄媚之意。含笑芬芳馥郁，何佞之有？我对于含笑特有一份好感，因为本地人喜欢采择未放的含笑花苞，浸以净水，供奉在亡亲灵前或佛龛案上，一瓣心香，情意深远，美极了。有一位送货工友，在我门外就嗅到含笑香，向我乞讨数朵，问以何用，答称新近丧母，欲以献在灵前，我大为感动，不禁鼻酸。

（三）牡丹

牡丹不是我国特产，好像是传自西方。隋唐以来，始盛播于中土，朝野为之风靡。天宝中，杨贵妃在沉香亭赏木芍药，李白作清平乐词三章，有"云想衣裳花想容"之句。木芍药即牡丹。百年之后，裴度退隐，"寝疾永乐里，暮春之月，忽过游南园，令家仆童升至药栏，语曰：'我不见花而死，可悲也。'怅然而返。明早报牡丹一丛先发，公视之，三日乃薨。"是真所谓牡丹花下死。白居易为钱塘守，携酒赏牡丹，张祜题诗云："浓艳初开小药栏，人人惆怅出长安。风流却是钱塘守，不踏红尘看牡丹。"刘禹锡赏牡丹诗："唯有牡丹真国色，花开时节动京城。"其他诗人吟咏牡丹者不计其数。

周敦颐《爱莲说》："自李唐来，世人甚爱牡丹。……牡丹，花之富贵者也。……牡丹之爱宜乎众矣。"濂溪先生独爱莲，这也罢了，但是字里行间对于牡丹似有贬意。国色天香好像蒙上了羞。富贵中人和向往富贵的人当然仍是趋牡丹如鹜。许多志行高洁的人就不免要受《爱莲说》的影响，在众芳之中别有所爱而讳言牡丹了。一般人家里没有药栏，也没有盆栽的牡丹，但至少壁上可以悬挂一幅富贵花图。通常是一画就是五朵，而且颜色不同，魏紫姚黄之外再加上绛色的、粉红色的和朱红色的。据说这表示五世其昌。五朵花都是同时在盛开怒放的姿态之中，花蕊暴露，而没有一瓣是萎腰褪色的。同时，还必须多画上几个含苞待放的蓓蕾，表示不会断子绝孙。因此牡丹益发沾染了俗气。

其实，牡丹本身不俗。花大而瓣多，色彩淡雅，黄蕊点缀其间，自有雍容丰满之态。其质地细腻，不但花瓣的纹路细致，而且厚薄适度。叶子的脉理停匀，形状色彩，亦均秀丽可观。最难得的是其近根处的木本，在泡松的木干之中抽出几根，透润的枝条，极有风致。比起芍药不可同日而语。尝看恽南田工笔画的没骨牡丹，只觉其美，不觉其俗，也许因为他不是画给俗人看的，

名花多在寺院中，除了庄严佛土，还可吸引众生前去随喜。苏东坡知杭州，就常到明庆寺吉祥寺赏牡丹，有诗为证。《雨中明庆寺赏牡丹》："霏霏雨露作清妍，烁烁明灯照欲然。明日春阴花未老，故应未忍着酥煎。"末句有典故，五代后蜀有一兵部，贰卿李昊，牡丹开时分赠亲友，附兴采酥，于花谢时煎食之。牡丹花瓣裹上面糊，下油煎之，也许有一股清香的味道，犹之菊花可以下火锅，不过究竟有些杀风景。北平崇孝寺的牡丹是有名的，据说也有所谓名士在那里吃油炸牡丹花瓣，饱尝异味。崂山的下清寺，有牡丹高与檐齐，可惜我几度游山不曾有一见的机会。

牡丹娇嫩，怕冷又怕热。东坡说："应笑春风木芍药，丰肌弱骨要人医。"我在故乡曾植牡丹一栏，天寒时以稻草束之，一任冰雪埋覆，来春启之施肥，使根干处通风，要灌水但是也要宜排水。届时花必盛开，似不需特别调护。在台湾亦曾参观过一次牡丹展，细小羸弱，全无妖妍之致，可能是时地不宜。

（四）莲

《古乐府》："江南可采莲，莲叶何田田。"不只江南可采莲，凡是有水的地方，大概都可以有莲，除非是太寒冷的地方。"院荷风"是西湖十景之一。南京玄武湖里一片荷花，多少人在那里荡小舟，钻进去偷吃莲蓬。可是莲花在北方依然是常见的，济南的大明湖，北平的什刹海，都是"暑日菡萏敷，披风送荷香"的胜地，而北海靠近金鳌玉蛛一带的荷芰，在炎夏时候更是青年男女闹舡寻幽谈爱的好地方。

初来台湾，一日忽动乡思，想吃一碗荷叶粥，而荷叶不可得。市内公园池塘内有莲花，那是睡莲，非我所欲。后来看到植物园里有一相当大的荷塘，近边处的花和叶都已被人摧折殆尽。有一天作郊游，看见稻田中居然有一塘荷花，停身觅主人请购荷叶，主人不肯收资，举以相赠。回家煮粥，俟熟乘沸以荷叶盖在上面，少顷粥现淡绿色，有香气扑鼻。多余的荷叶弃之可惜，实以米粉肉，裹而蒸之，亦有情趣。其实这也是类似莼鲈之想，慰情聊胜于无而已。

小时家里种了好几大盆荷花。春水既泮，便从温室取出置阳光下，截除烂根细藕，换泥加水，施特殊肥料（车厂出售之修马掌骡掌的角质碎片）。到了夏初，则荷叶突出，荷花挺现，不及池塘里的高大，但亦丰腴可喜。清晨露尚未晞，露珠在荷叶上滚来滚去。静看荷花展瓣，瓣上有细致的纹路，花心露出淡黄的花蕊和秀嫩的莲房，有说不出的一股纯洁之致。而微风过处，茎细而圆大的荷叶，微微摇晃，婀娜多姿，尤为动人。陈造《早夏》诗："凉荷高叶碧田田。"画家写风竹，枝叶披拂，令人如闻风飕飕声，但我尚未见有人画出饶有动态的风荷。

先君甚爱种荷。晨起辄裴回荷盆间，计数其当日开放之花朵，低吟慢唱，自得其乐。记得有一次折下一枝半开的红莲插入一只仿古蟹爪纹细长素白的胆瓶里，送到书房几上。塾师援笔在瓶上写了"出淤泥而不染，濯清涟而不妖"几个大字，犹如俗匠在白瓷茶壶上题"一片冰心"一般。"花如解语还多事"，何况是陈腐的题句？欲其雅，适得其反。

近闻有人提议定莲花为花莲的县花。广植莲花，未尝不好，赐以封号，似可不必。

（五）辛夷

辛夷，属木兰科，名称很多，一名新雉，又名木笔，因其花未开时形如毛笔。又名侯桃，因其花苞如小桃，有茸毛。辛夷南北皆有之。王维辋川别墅中即有一处名辛夷坞,有诗为证:"木末芙蓉花,山中发红萼。涧户寂无人,纷纷开且落。"北平颐和园的正殿之前有两棵辛夷,花开极盛,但我一向不曾在花时游览,仅于画谱中略识其面貌。蜀中花事夙盛,大街小巷辄有花户设摊贩花。二十八年春,我在重庆,一日踱出中国旅行社招待所,于路隅花摊购得辛夷一大枝,花苞累累有百数十朵,有如叉枝繁多之蜡烛台,向逆旅主人乞得大花瓶一只,注满清水,插花入瓶,置于梳妆台上,台三面有镜,回光交映,一室生春。

辛夷有紫红、纯白两种,纯白者才是名副其实的木笔。而且真像是毛笔头,溜尖溜尖的一个个的笔直地矗立在枝上。细小者如小楷兔毫,稍大者如寸楷羊毫,更大如小型羊毫抓笔。著花时不生叶,赭色枝头遍插白笔头,纯洁无瑕,蔚为奇观。花开六瓣,瓣厚而实,晨展而夕收,插瓶六七日始谢尽。北碚后山公园有辛夷数十本,高约二丈,红白相间,非常绚烂,我于偕友登小丘时无意中发现之。其处鲜有人去观赏,花开花谢,狼藉委地,没有人管。

美国西雅图市,家家户前芳草如茵,莳花种树,一若争奇斗艳。于篱落间偶然亦可见有辛夷杂于其内。率皆修剪其枝干不令过高。我的寄寓之所,院内也有一棵,而且是不落叶的那一种,一年四季都有绿叶,花开时也有绿叶扶持。比较难于培植,但是花香特别浓郁。有一次我发现一只肥肥大大的蜜蜂卧在花心旁边,近视之则早已僵死。杜工部句:"不是爱花即欲死,只恐花尽老相催。"这只蜜蜂莫非是爱花即欲死?

来到台湾，我尚未见过辛夷。

（六）水仙

岁朝清供，少不得水仙。记得小时候，一到新春，家人就把大大小小的瓷钵搬了出来，连同里面盛着的小圆石子一起洗刷干净，然后一钵钵地把水仙的鳞茎栽植其中，用石子稳定其根须，注以清水，置诸案头。那些小圆石子，色洁白，或椭圆，或略扁，或大或小，据说是产自南京的雨花台。多少年下来，雨花台的石子被人捡光了，所以家藏的几钵石子就很宝贵。好像比水仙还更被珍惜。为了点缀色彩，石子中间还撒上一些碎珊瑚，红白相间，别有情趣。

水仙一花六瓣，作白色，花心副瓣，作黄色，宛然盏样，故有"金盏银台"之称。它怕冷，它要阳光。我们把它放在窗内有阳光处去晒它，它很快地展瓣盛开。天天搬来搬去，天天换水，要小心地伺候它。它有袭人的幽香，它有淡雅的风致。虽是多年生草本，但北地苦寒难以过冬，不数日花开花谢，只得委弃。盛产水仙之地在闽南，其地有专家培植修割，及春则运销各地供人欣赏。英国十七世纪诗人赫立克（Herrick）看了水仙（narcissus）辄有春光易老之叹，他说：

> 人生苦短，和你一样，
> 我们的春天一样的短；

很快地长成，面临死亡，

和你，和一切，没有两般。

We have short time to stay, as you,

We have as short a spring;

As quick a growth to meet decay,

As you, or any thing.

　　西方的水仙，和我们的品种略异，形色完全一样，而花朵特大，唯香气则远逊。他们不在盆里供养，而是在湖边泽地任其一大片一大片地自由滋生。诗人华兹华斯有一首名诗《我孤独的漂荡像一朵云》，歌咏的就是水边瞥见成千成万朵的水仙花，迎风招展，引发诗人一片欢愉之情而不能自已，而他最大的快乐是日后寂寞之时回想当时情景益觉趣味无穷。我没有到过英国的湖区，但是我在美洲若干公园里看见过成片的水仙，仿佛可以领略到华斯华兹当年的感受。不过西方人喜欢看大片的花丛，我们的文人雅士则宁可一株、一枝、一花、一叶地细细观赏，山谷所云"坐对真成被花恼"，情调完全不同。（离骚"既滋兰之九畹兮，又树蕙之百亩"，我想是想象之词，不可能真有其事。）

　　在台湾，几乎家家户户有水仙点缀春景。植水仙之器皿，花样翻新，奇形怪状，似不如旧时瓷钵之古朴可爱，至于粗糙碎石块代替小圆石，那就更无足论了。

（七）丁香

提起丁香，就想起杜甫一首小诗：

> 丁香体柔弱，乱结枝犹垫。
>
> 细叶带浮毛，疏花披素艳。
>
> 深栽小斋后，庶使幽人占。
>
> 晚堕兰麝中，休怀粉身念。

这是他的《江头五咏》之一，见到江畔丁香发此咏叹。时在宝应元年。诗中的"垫"字费解。仇注根据说文，"垫，下也。凡物之下坠皆可云垫。"好像是说丁香枝弱，故此下坠。施鸿保《读杜诗说》："下堕义，与犹字不合。今人常语衬垫，若训作衬，则谓子结枝上，犹衬垫也。"施说有见。末两句意义嫌晦，大概是说丁香可制为香料，与兰麝同一归宿，未可视为粉身碎骨之厄。仇注认为是寓意"身名隳于脱节"，《杜臆》亦谓"公之咏物，俱有为而发，非就物赋物者。……丁香体虽柔弱，气却馨香，终与兰麝为偶，虽粉身甘之，此守死善道者。"似皆失之迂。

丁香结就是丁香蕾，形如钉，长三四分，故云丁香。北地俗人以为丁钉同音，出出入入地碰钉子，不吉利，所以正院堂前很少种丁香，只合"深栽小斋后"了。二十四年春我在北平寓所西跨院里种了四棵紫丁香。"白菡萏香，紫丁香肥。"丁香要紫的。起初只有三四尺高。十年后重来旧居，四棵高大的丁香打成一片，一半翻过了墙垂到邻家，一半斜坠下来挡住了我从卧室走到书房的路。这跨院是我的小天地，除了一条铺砖的路和一个石几两个石墩之外，本来别无长物，如今三分之二的空间付与了丁香。春暖花开的时候招蜂引蝶，满院香气四溢，尽是嘤嘤嗡嗡之声。又隔三十年，现在丁香如果无恙，不知谁是赏花人了。

（八）兰

兰花品种繁多。所谓洋兰（卡特丽亚），顾名思义是外国来的品种，尽管花朵大，色彩鲜艳，我总觉得我们应该视如外宾，不但不可亵玩，而且不耐长久观赏。我们看一朵花，还要顾及它在我们文化历史上的渊源，这样才能引起较深的情愫。看花要如遇故人，多少旧事一齐兜上心来。在台湾，洋兰却大得其道，花展中姹紫嫣红大半是洋兰的天下，态浓意远的丽人出入"贵宾室"中，衣襟上佩戴的也多半是洋兰。我喜欢品赏的是我们中国的兰。

我是北方人，小时不曾见过兰。只从芥子园画谱上学得东一撇西一撇的画成为一个凤眼，然后再加一笔破凤眼。稍长，友人从福建捧着一盆兰花到北平，不但真的是捧着，而且给兰花特制一个木条笼子，避免沿途磕碰。我这才真个的见了兰，素心兰。这个名字就雅，令人想起陶诗的句子"闻多素心人，乐与数晨夕"。花心是素的，花瓣也是素的，素白之中微泛一点绿意。面对素心兰，不禁联想到"弱不好弄，长实素心"的高士。兰的香味不是馥郁，是若有若无的缕缕幽香。讲到品格，兰的地位极高。我们常说"桂馥兰熏"，其实桂香太甜太浓，尚不能与兰相比。

来到台湾，我大开眼界。友人中颇有几位善于艺兰，所以我的窗前几上，有时候叨光也居然兰蕊驰馨。尝有客款扉，足尚未入户，就大叫起来："君家有素心兰耶？"这位朋友也是素心人，我后来给他送去一盆素心兰。我所有的几盆兰，不数年分植为数十盆，乃于后院墙角搭起一丈见方的小棚，用疏隔的竹篾遮覆以避骄阳直晒，竹篾上面加铺玻璃以防淫雨，因此还召致了"违章建筑"的罪名，几乎被报请拆除。竹篾上的玻璃引起了墙外行人的注意，不久就有半大不小的各色人物用砖石投掷，大概是因为玻璃破碎之声清脆悦耳之故。小棚因此没有能持久，跟着我的数十盆兰花也渐渐地支离破碎了。和我望衡对宇的是胡伟克先生，我发现他家里廊上、阶前、墙头、树下，到处都是兰花，大部分是洋兰，素心兰也有，而且他有一间宽大的温室，里面也堆满了兰花。胡先生有一只工作台子，上面放着显微镜，他用科学方法为兰花品种作新的交配，使兰花长得更肥，色泽更为鲜艳多姿。他的兰花在千盆以上。我听他的夫人抱怨："为了这些捞什子，我的手指都磨粗了。"我经常看见一车一车的盛开的兰花从他门前运走。他的家不仅是芝兰之室，真是芝兰工厂。

兰本来是来自山间，有藓苔覆根，雨露滋润，不需要什么肥料。移在盆里，它所需要的也只是适量的空气和水，盆里不可用普通的泥土，最好是用木炭、烧过的黏土、缸瓦碎片的三种混合物，取其通空气而易排水。也有人主张用砂、桂圆树皮、蛇木屑、木炭、碎石子混拌，然后每隔三个月用（NH4）2SO4+KCE 液麋水喷洒一次。叶子上生虫也需勤加拂拭。总之，兰来自幽谷，在案头供养是不大自然的，要小心伺候了。

（九）菊

花事至菊而尽，故曰蘜，蘜是菊之本字。蘜者，尽也。"兰有秀兮菊有芳，怀佳人兮不能忘。"这是汉武帝看着时光流转，自春徂秋，由花事如锦到花事阑珊，借着秋风而发的歌咏。菊和九月的关系密切，故九月被称为菊月，或称为菊秋，重阳日或径称为菊节。是日也，饮菊花茶，设菊花宴，还可以准备睡菊花枕，百病不生，平夙饮菊潭水，可以长生到一百多岁。没有一种花比菊花和人的关系打得更火热。

自从陶渊明"采菊东篱下"之后，菊就代表一种清高的风格，生长在篱笆旁边，自然也就带着几分野趣。吕东莱的句子"短篱残菊一枝黄，正是乱山深处过重阳"，是很好的写照。经人工加意培养，菊好像是变了质。宋《乾淳岁时记》："禁中例，于八日作重九，排当于庆瑞殿，分列万菊，灿然眩眼，且点菊花灯，略如元夕。"这是在殿堂之上开菊展，当然又是一种情况。

菊是多年生草本，摘下幼枝插在土里就活。曩昔在北平家园中，一年之内曾蕃殖数十盆，竟以秽恶之粪土培养之，深觉戚戚然于心未安。幼苗长大之后，枝弱不能挺立，则树细竹竿或秸秫以为支撑，并标以红纸签，写上"绿云""紫玉""蟹爪""小白梨"……奇奇怪怪的名称。一盆一盆地放在"兔儿爷摊子"上（一排比一排高的梯形架），看上去一片花朵，闹则闹矣，但是哪能令人想到一丝一毫的"元亮遗风"？

台湾艺菊之风很盛，但是似乎不取其清瘦，而爱其痴肥。每一盆菊都修剪成独花孤挺，叶子的正面反面经常喷药，讲究从根到顶每片叶子都是肥大绿光，顶上的一朵花盛开时直像是特大的馒头一个，胖胖大大的，需要铁丝做盘撑托着它。千篇一律，朵朵如此。当然是很富态相。"帘卷西风，人比黄花瘦"，那时的黄花，一定不像如今的这样肥。

（十）玫瑰

玫瑰，属蔷薇科。唐朝有一位徐夤，作过一首咏玫瑰的诗：

芳菲移自越王台，

最似蔷薇好并栽，

秾艳尽怜胜彩绘，

嘉名谁赠作玫瑰？

春城锦绣风吹折，

天染琼瑶日照开。

为报朱衣早邀客，

莫教零落委苍苔。

诗不见佳，但是让我们知道在唐朝玫瑰即已成了吟咏的对象。《群芳谱》说："花亦类蔷薇，色淡紫，青囊黄蕊，瓣末白，娇艳芬馥，有香有色，堪入茶、入酒、入蜜。"这玫瑰，是我们固有品种的玫瑰，花朵小，红得发紫，香味特浓。可以熏茶，可以调酒（玫瑰露），可以做蜜汁（玫瑰木樨）。娇小玲珑，惹人怜爱。玫瑰多刺，被人视若蛇蝎，其实玫瑰何辜，它本不预备供人采摘。《三十客》列玫瑰为"刺客"，也是冤枉的。

外国的蔷薇品种不一，亦统称为玫瑰。常见有高至五六尺以上者，俨然成一小树，花朵肥大，除了深绯浅红者外，还有黄色的，别有风致。也有蔓生的一种，沿着篱笆墙壁伸展，可达一二丈外。白色的尤为盛旺。我有朋友蛰居台中，莳花自遣，曾贻我海外优良品种之玫瑰数本，我悉心培护，施以舶来之"玫瑰食粮"，果然绰约妩媚不同凡响，不过气候土壤皆不相宜，越年逐渐凋萎。园林有玫瑰专家，我曾专诚程探访，畦圃广阔，洋洋大观，唯几乎全是外来品种，绚烂有余，韵味不足。求其能入茶入酒入蜜者，竟不可得，乃废然返。

猫话

《诗·大雅·韩奕》："孔乐韩土，川泽讦讦，鲂甫甫，麀鹿噳噳，有熊有罴，有猫有虎。"这是说韩城一地物产富饶，是好地方。原来猫也算是值得一提的动物，古时的猫是有实用价值的。《礼·郊特牲》："迎猫，为其食田鼠也。"捉老鼠，一直是猫的特职。一般人家里也常有鼠患，棚顶墙根都能咬个大窟窿，半夜里到厨房餐室大嚼，偷油喝，啃蜡烛，再不就是地板上滚胡桃，甚至风雅起来也偶尔啃书卷，实在防不胜防，恼火之至。《黄山谷外集》卷七有一首《乞猫》，诗曰：

> 秋来鼠辈欺猫死，窥瓮翻盘搅夜眠。
> 闻道狸奴将数子，买鱼穿柳聘衔蝉。

这首诗是说家里的老猫死了，老鼠横行。随主簿家里的猫，听说要产小猫了，请求分赠一只，已准备买鱼静待小猫光临。衔蝉，俗语，猫名也。这首诗不算是山谷集中佳构，但是《后山诗话》却很推崇，"乞猫诗，虽滑稽而可喜，千岁之下，读之如新。"到底山谷乞得猫了没有，不得而知。不过山谷又有一首《谢周文之送猫儿》，诗云：

养得狸奴立战功，将军细柳有家风。

一箪未厌鱼餐薄，四壁当令鼠穴空。

周家的猫不愧周亚夫细柳营的大将之风，大概是很善捕鼠。

鼠辈跳梁，靠猫来降伏，究竟是落后社会的现象。猫和人建立
了关系，人猫之间自然也会产生感情。梅圣俞有一首《祭猫诗》，
颇有情致：

自有五白猫，鼠不侵我书。

今朝五白死，祭与饭与鱼。

送之于中河，况尔非尔疏。

昔尔啮一鼠，衔鸣绕庭除。

欲使众鼠惊，意将清我庐。

一从登舟来，舟中同屋居。

糗粮虽甚薄，免食漏窃余。

此实尔有勤，有勤胜鸡猪。

世人重驱驾，谓不如马驴。

已矣莫复论，为尔聊歔欷。

这首诗还是着重猫的实用价值，不过忘形到尔汝，已经写出了
对猫的一份情。宋·钱希白《南部新书》："连山张大夫搏，好养猫，

众色备有，皆自制佳名。每视事退，至中门，则数十头曳尾延颈接入。以绿纱为帏，聚其内，以为戏。或谓搏是猫精。"说来好像是奇谭，我相信其事大概不假。杨文璞先生对我说，他在纽哲塞住的时候，养猫一度多到三十几只，人处屋内如在猫笼。杨先生到舍下来，菁清称他为"猫王"。猫王一见我们的白猫王子，行亲鼻礼，白猫王子在他跟前服服帖帖，如旧相识。

一般说来，猫很可爱。如果给以适当的卫生设备，他不到处拆烂污，比狗强，也有时比某一些人强。我们的白猫王子，从小经过菁清的训练，如厕的时候四爪抓住缸沿，昂首蹲坐，那神情可以入画。可惜画工只爱画猫蝶图正午牡丹之类。猫喜欢磨他的趾甲，抓丝袜、抓沙发、抓被褥。菁清的办法是不时地给他剪趾甲，剪过之后还替他锉。到处给他铺小块的粗地毯，他睡起之后弓弓身就在小地毯上抓磨他的趾甲了。猫馋，可是他吃饱之后任何鱼腥美味他都不屑一顾，更不用说偷嘴。他吃饱之后不偷嘴，似乎也比某一些吃饱之后仍然要偷的人高明得多。

猫不会说话，似是一大缺陷。他顶多是喵喵叫两声，很难分辨其中的含义。可是菁清好像是略通猫语，据说那喵喵声有时是表示饥饿，有时是要人去清理他的卫生设备，有时是期望有人陪他玩耍。白猫王子玩绳、玩球、玩捉迷藏，现在又添了新花样，玩"捕风捉影"。灯下把撑衣架一晃，影子映在墙上，他就狼奔豕窜地扑捉影子！有些人不是也很喜欢捕风捉影地谈论人家的短长么？宋·彭乘《续墨客挥犀》："鄱阳龚氏，其家众妖竞作，乃召女巫徐姥者，使治之。时尚寒，有二猫正伏炉侧，家人指谓姥曰：'吾家百物皆为异，不为异者独此猫耳。'于是猫亦人立，拱手而言曰：'不敢。'姥大骇，走去。"我真盼望我们的白猫王子有一天也能人立拱手而言。西谚有云："佳酿能使猫言。"莎士比亚《暴风雨》曾引用其意（二、二、八六），想是夸张其辞。猫不能言，犹之乎"猫有九条命"一样的不足信，命只有一条。

人之好恶不同，各如其面。尽管有人爱猫爱得发狂，抚摩他、抱他、吻他，但是仍有人不喜欢猫。莎士比亚《威尼斯商人》（四、一、四八）就说"有些人见猫就要发狂"。不是爱得发狂，是厌恶得发狂。我起初还不大了解。后来有一位朋友要来看我，预先风闻我家有白猫王子，就特别先打电话要我把猫关起。我想这也许是一种过敏反应。《挥麈新谈》曾记猫有五德之说："猫见鼠不捕，仁也。鼠夺其食而让之，义也。客至设馔则出，礼也。藏物虽密能窃食之，智也。每冬月辄入灶，信也。"这是鸡有五德之说的翻版，像这样的一只猫未必可爱。猫有许多可人意处，猫喜欢偎在人身边，有时且枕着你的臂腿呼呼大睡，此时不可误会，其实猫怕冷怕寂寞。有时你在寒窗之下伏案作书，猫能蹲踞案头，缩在桌灯罩下呼噜呼噜地响上个把钟头，此时亦不可误会，猫只是在享受灯光下散发出来的热气。如加呵斥，他会抑郁很久，如施夏楚，他会沮丧半天。猫有令人难以理解的嗜好，他喜欢到处去闻，不一定是寻求猎物，客来他会闻人的脚闻人的鞋，好像那里有什么异香。最令人嫌恶的是春天来到的时候猫在房檐上怪声怪气地叫噪，东一声叫，西一声应，然后是稀里哗啦的一阵乱叫乱跑。鲁迅先生在一篇文字里说他最厌听猫叫，他被吵醒便拿起大竹竿去驱逐。猫叫春是天性，驱得了么？

有义犬义马救主之说，没听说过义猫。猫长得肥肥胖胖，刷洗得干干净净，吃饱了睡，睡醒了吃，主人看着欢喜，也就罢了，谁还稀罕一只猫对你有什么报酬？在英文里 feline（猫）一字带有阴险狡诈之义，我想这也许有一点冤枉。有人养猫，猫多为患，送一只给人家去，不久就返回老家。主人无奈，用汽车载送到郊外山上放生，没过几天，猫居然又回来了。回来时瘦骨嶙峋，一身污泥。主人大受感动，不再遗弃他，养他到老。猫也识得家，不必只是狐正首丘。

英国诗人中，十八世纪的斯玛特（Smart）最爱猫，我曾为文介绍，兹不赘。另外一位诗人陶玛斯·格雷有一首有名的小诗，写一只猫之溺死于金鱼缸内。那只缸内必是一只相当大的缸，否则不至于把猫淹死。可惜那时候没有司马光一类的人在旁营救。那只猫不是格雷的，是他朋友何瑞斯·窝波耳的，所以他写来轻松，亦谐亦讽而不带感情。

诗曰：

> 一只爱猫之死
> 是在一只大瓷缸旁边，
> 上有中国彩笔绘染
> 盛开着的蓝花；

赛狸玛那只最乖的斑猫，

在缸边若有所思地斜靠，

注视下面的水洼。

她摇动尾巴表示欢喜；

圆脸庞，雪白的胡须，

丝绒般的足掌，

龟背纹似的毛衣一件，

黑玉的耳朵，翡翠的眼，

她都看到，呜呜地赞赏。

她不停地注视；水波之间

泳过两个形体美似天仙，

是巡游的女神在水里：

她们的鳞甲用上好颜料漆过

看来是红得发紫的颜色，

在水里闪出金光一缕。

不幸的女神惊奇地看到：

先是一络胡须，随后是爪，

她几度有动于衷，

她想去抓却抓不到。

哪个女人见了金子不想要？

哪个猫儿不爱鱼腥？

妄想的小姐！她再度地

弓着腰，再度地抓去，

不知距离有多远。

（命运之神在一边坐着笑她。）

她的脚在缸沿上一滑，

她一头栽进了缸里面。

她把头八次探出水面，

咪咪地向各路水神呼唤，

迅速地前来搭救。

海豚不来，海神不管，

仆人丫鬟都没有听见，

爱猫没有朋友！

此后，美人儿们，莫再受骗，

一失足便是永远的遗憾。

要大胆也要小心。

引你目眩心惊的五光十色

不全是你们分所应得；

闪闪发亮光的不全是金！

火山！火山！

美国的火山不多，不过离西海岸不远有一条山脉，由加拿大哥伦比亚境内向南延伸，直到加州境，蜿蜒约七百里，是为加斯凯山脉，其中有一个山峰名圣海伦斯，位于华盛顿州南部，邻近奥瑞冈州，却是一座时醒时睡的火山。圣海伦斯并不太高，只有九千六百七十七日尺，比起和它并峙的更为有名的瑞尼尔山之一万四千四百一十尺，要矮很大一截。圣海伦斯外表很好看，有火山之标准的圆锥体形，而且光光溜溜的。山上有长年不化的积雪，山坡上有茂密的森林，山脚下有滢澈的湖沼河流，其间也有拦水的堤坝若干座。这火山是活火山，但是最近一百二十三年之中一直在睡，有时候伸伸胳膊伸伸腿，呻吟几声，不曾大翻身，不曾大吼叫，不曾滋生事端。因为它乖，所以附近居民对它无所恐惧，彼此相安无事。春夏之交，天气晴朗，喜欢滑雪的，喜欢爬山的，喜欢露营的，从四面八方赶来享受大自然的乐趣。

但是从今年三月二十日起情形有点不对了。下午三时四十八分发生地震，四点一级，此后三天继续地震增强到四点四级，有山崩的现象。科学家认为有爆发的可能，不过不敢确定，因为火山和人一样。每座火山也有它的个性，没人敢说圣海伦斯内心在打什么主意。为了安全，森林管理局撤退了山区工作人员。三月二十六日，联邦政府州政府及地方官集会商讨应变之策，决定封闭通往鬼湖的州公路五〇四号。三月二十七日午间山上发生巨响，有一股浓黑的水汽和灰尘喷出，高达山巅以上七千尺的高空。地震高至四点五级。烟尘散后从飞机上可以窥见山巅上出现了一个新的火山口，直径二百到二百五十尺，深约一百五十。火山醒了！

以后数日，天天有地震，天天有烟尘喷射，表示有熔岩在火山腹内澎湃。这是火山大爆发的前奏。观光游客突然增加，谁都想要看看这自然的奇景。四月三日州长逖克西李瑞女士派出约六十名国民兵拦阻观光客进入危险地区。这时候火山口已经扩大到直径一千七百尺，深八百五十尺。每日地震平均三十三次，最严重的是山巅的北面凸出了约三百二十尺，这说明地下熔岩激荡有随时大爆发的可能。如果爆发，首当其冲的当是鬼湖及五〇四公路。到了五月九日，有五级地震，地质观察人员奉命从四千三百尺高处的营地撤退。

有一个八十三岁的老人哈利·杜鲁门，他是当地唯一的长久居留的人，他坚决不肯离开他的"鬼湖小屋"。小屋是他亲手盖起来的，一椽一木都是他自己劈的锯的，而且他居住了五十四年之久。小屋距离山顶约有七里，占地却有四十亩之广。斯卡曼尼亚郡的警长毕尔·克劳斯纳在五月十七日，即事发之前一日警告他必须撤离，他曾对一个记者说："如果山没有了，我要与之同归于尽。我要留在这里，我要正告他：'你这个老杂种，我已挣扎了五十四年，我要再挣扎五十四年。'"他养了十六只猫，他拥有自己的一个天地。他不是不知道处境的危险，他有一个陈旧的矿穴可以藏身，他准备事急的时候携带一瓶威斯忌酒去躲避一下，可是他没有想到那矿穴离他住处有一二里路，烟泥沙石猛然泛滥之际他无法能逃，何况他又跑不快。所以事后直升机前去察视，只见鬼湖小屋一带整个地埋在三十尺深的泥灰之中，哈利·杜鲁门无影无踪地消失了。他有一位六十八岁的朋友荷尔斯幸免于难，他说："我高兴得要命，我居然活着看到了，可是我很为罹难的人难过。"

　　大爆发是在五月十八日上午八时三十二分十秒。山顶北坡之凸出处突然崩裂，轰然一声，像原子弹爆发后的蕈状浓烟直射天空，约有六万三千尺高，山巅约有一千二百尺的尖端一下子完全被炸掉了，圣海伦斯顿时矮了一大截，没有熔岩流出，流出的是滚烫的泥浆，顺着山坡往下流，流向鬼湖。碎石自天降落，远及于瑞尼尔山，然后变成大股的灰沙落在雅奇玛，变成为微尘撒落在斯波肯，然后由风吹送大片的灰尘飘过蒙塔那州，覆盖了黄石公园，进入了怀俄明州，直趋美国东部，全国境内完全未被波及的仅有十一二州。圣海伦斯的灾害，和西元七十九年意大利威苏威火山爆发不同，因为圣海伦斯没有熔岩溢出，喷的只是沙石，羼上融雪而成为泥浆。而且山上居民很少，故生命损失不太大，截至最近报告，确实失踪的有五十八人，由直升机查获的尸体有二十二具。其中有一具是摄影记者，他尚端坐在汽车驾驶座上，显然是被灼死或窒息而死，灰尘堆到了车子的窗口。如果能把他的照相机取出，其中必有珍贵的底片。

　　灰尘的降落其灾害之大是一般人难以想象的。一个人从祸区附近开车走过，忽见天边黑暗下来，远远的彤云密布，还有电闪，以为是山雨欲来，随后听见车顶上砰砰响，以为是雨打车篷。猛然间挡风玻璃模糊了，能见度几等于零，伸手车外才知道不是下雨，是漫天撒落沙石。他算是幸运的，向前急驶，脱离了险境。其他在危险区内活动的人就活活地被热达摄氏八百度的泥浆、灰尘、气体，给灼死、呛死、窒死、烫死，埋在几尺以至几十尺的泥尘之下了。

热气热尘把数以千亩计的森林完全铲平，好多大树连根拔起，直而长的杉木一根根躺下，没有一片树叶存留，光秃秃的像是无数根火柴横七竖八地平铺着。有些木头顺着河流冲走，壅塞在桥边或是水湾之内。据估计，木材一项的损失约在五亿美元之数。野生动物也遭一大劫，据林管局的估计，死难者有两千头黑尾鹿，三百只麋鹿，二十只黑熊，十二只山羊。这个时候正是鲑鱼鲟鱼从海里溯河而上前来产卵的季节，尽管有人说这些鱼十分聪明，发现情形不对便掉头而去寻求较安全的地方，据估计被水烫死的被灰尘噎死的仍然不在少数，损失当在二百五十万元以上。有些鱼从水中跳到岸上，还是不免于死。物资的损失无法估计，单是清洗路面恢复交通一项就要两亿元。总统卡特前来巡视的时候，州长狄克西李瑞向他说："华盛顿州现在需要联邦政府帮助的是钱、钱、钱！"事实上，人力也很需要，州长曾下令动员民兵四千余人，在公路上协助铲灰，像铲雪似的。报纸上居然还有人批评，说民兵只能在保卫治安的时候使用，不该教他们做这种劳动的工作！据估计洗刷各地路面及公共设施要用两亿元以上的经费。

灰尘对农产的影响难于估计。我们知道雅奇玛一带是著名的水果产区。苹果产量占全国四分之一以上，灰尘落在苹果树上为害不小，果农要用喷杀虫剂的方法喷水上去冲洗，这工程之巨可以想见。樱桃正在开始收成，自然也成了大问题。有人刊登广告说今年水果经火山尘的培养特别硕大可口，这当然是瞎扯。据农业家说，火山尘大部分为矽，即细碎的玻璃，加上其他矿质，纵无大害，绝无益处。希望有大雨冲洗，若是小雨则灰成为稀泥，在树上和在地上均属不利。灰尘的酸性成分为四点七。事实上爆发后连日小雨连绵。

我于五月二十四日抵达西雅图，是日圣海伦火山发生第二度爆发，这次刮的是东南风，往西北吹，灰尘擦着西雅图的边缘飘向奥仑比亚半岛，塔科玛飞机场都受到了影响，有人脑筋动得快，收集火山尘，装进儿童玩具的沙漏之中，当做纪念品出售，看那灰黑色的细沙也颇有异趣。我没有机会到现场巡礼，可是那石破天惊的恐怖情形，可以想象中得之。卡特总统说："看了这里的样子，月亮像是高尔夫球场。"我从前看过一部影片《庞贝之末日》，遂鼓起兴趣读伯华·李顿的小说原著，对于火山爆发有了一点初步认识，没有想到居然能在报章刊物读到火山爆发的报道。火山的研究是一门专门的学问，火山学家和别的专家不同，他不可能有实验室，火山本身就是他的实验室。为了研究，他会觉得火山爆发的次数愈多愈好，虽然他并不是幸灾乐祸。

大块文章，忽然也会变成人间地狱！灾异不祥，未必就是上天示儆，但于"天地不仁以万物为刍狗"，却庶几近之。

骆驼

台北没有什么好去处。我从前常喜欢到动物园走动走动，其中两个地方对我有诱惑。一个是一家茶馆，有高屋建瓴之势，凭窗远眺，一片釉绿的田畴，小川蜿蜒其间，颇可使人目旷神怡。另一值得看的便是那一双骆驼了。

有人喜欢看猴子，看那些乖巧伶俐的动物，略具人形，而生活究竟简陋，于是令人不由得生出优越之感，掏一把花生米掷进去。有人喜欢看狮子跳火圈，狗做算学，老虎翻筋斗，觉得有趣。我之看骆驼则是另外一种心情，骆驼扮演的是悲剧的角色。它的槛外是冷清清的，没有游人围绕，所谓槛也只是一根杉木横着拦在门口。地上是烂糟糟的泥。它卧在那里，老远一看，真像是大块的毛姜。逼近一看，可真吓人！一块块的毛都在脱落，斑驳的皮肤上隐隐地露着血迹。嘴张着，下巴垂着，有上气无下气地在喘。水汪汪的两只大眼睛好像是眼泪扑簌地盼望着能见亲族一面似的。腰间的肋骨历历可数，颈子又细又长，尾巴像是一条破扫帚。驼峰只剩下了干皮，像是一只麻袋搭在背上。骆驼为什么落到这悲惨地步呢？难道"沙漠之舟"的雄姿即过如是吗？

我心目中的骆驼不是这样的。儿时在家乡，一听见大钢铃叮叮当当就知道送煤的骆驼队来了，愧无管宁的修养，往往夺门出视。一根细绳穿系着好几只骆驼，有时是十只八只的，一顺地立在路边。

满脸煤污的煤商一声吆喝，骆驼便乖乖地跪下来给人卸货，嘴角往往流着白沫，口里不住地嚼——反刍。有时还跟着一只小骆驼，几乎用跑步在后面追随着。面对着这样庞大而温驯的驮兽，我们不能不惊异地欣赏。

是亚热带的气候不适于骆驼居住。（非洲北部的国家有骆驼兵团，在沙漠中驰骋，以骁勇善战著名，不过那骆驼是单峰骆驼，不是我们所说的双峰骆驼。）动物园的那一双骆驼不久就不见了，标本室也没有空间容纳它们。我从此也不大常去动物园了。我尝想：公文书里罢黜一个人的时候常用"人地不宜"四字，总算是一个比较体面的下台的借口。这骆驼之黯然消逝，也许就是类似"人地不宜"之故罢？生长在北方大地之上的巨兽，如何能局促在这样的小小圈子里，如何能耐得住这炎方的郁蒸？它们当然要憔悴，要悒悒，要委顿以死。我想它们看着身上的毛一块块地脱落，真的要变成为"有板无毛"的状态，蕉风椰雨，晨夕对泣，心里多么凄凉！真不知是什么人恶作剧，把它们运到此间，使得它们尝受这一段酸辛，使得我们也兴起"人何以堪"的感叹！

其实，骆驼不仅是在这炎蒸之地难以生存，就是在北方大陆其命运也是在日趋于衰微。在运输事业机械化的时代，谁还肯牵着一串串的骆驼招摇过市？沙漠地带该是骆驼的用武之地了，但现在沙漠里听说也有了现代的交通工具。骆驼是驯兽，自己不复能在野外繁殖谋生。等到为人类服务的机会完全消灭的时候，我不知道它将如何繁衍下去。最悲惨的是，大家都讥笑它是兽类中最蠢的当中的一个：因为它只会消极地忍耐。给它背上驮五磅的重载，它会跪下来承受。它肯食用大多数哺乳动物所拒绝食用的荆棘苦草，它肯饮用带盐味的脏水。它奔走三天三夜可以不喝水，并不是因为它的肚子里储藏着水，是因为它在体内由于脂肪氧化而制造出水。它的驼峰据说是美味，我虽未尝过，可是想想熊掌的味道，大概也不过尔尔。像这样的动物若是从地面上消逝，可能不至于引起多少人惋惜。尤其是在如今这个世界，大家所最欢喜豢养的乃是善伺人意的哈巴狗，像骆驼这样的"任重而道远"的家伙，恐怕只好由它一声不响地从这世界舞台上退下去罢！

考生的悲哀

我是一个投考大学的学生，简称曰考生。

常言道，生，老，病，死，乃人生四件大事。就我个人而言，除了这四件大事之外，考大学也是一个很大的关键。

中学一毕业，我就觉得飘飘然，不知那里是我的归宿。"上智与下愚不移"。我并不是谦逊，我非上智，考大学简直没有把握，但我也并不是狂傲，我亦非下愚，总不能不去投考。我惴惴然，在所能投考的地方全去报名了。

有人想安慰我："你没有问题，准是一榜及第！"我只好说："多谢吉言。"我心里说："你先别将我！捧得高，摔得重。万一我一败涂地，可怎么办？"

有人想恫吓我："听说今年考生特别多，一百个里也取不了一个。可真要早些打主意。"我有什么主意可打呢？

有人说风凉话："考学校的事可真没有准，全凭运气。"这倒是正道着了我的心情。我正是要碰碰运气。也许有人相信，考场的事与父母的德行祖上的阴功坟地的风水都很有关系，我却不愿因为自己考学校而连累父母祖坟，所以说我是很单纯的碰碰运气，试试我的流年。

话虽如此，我心里的忐忑不安是与日俱增的。临阵磨枪，没有用，不磨，更要糟心。我看见所有的人的眼睛都在用奇异的目光盯着我，似乎都觉得我是一条大毛虫，不知是要变蝴蝶，还是要变灰蛾。我也不知道我要变成一样什么东西。我心里悬想：如果考取，是不是可以扬眉吐气，是不是有许多人要给我几张笑脸看？如果失败，是不是须要在地板上找个缝儿钻进去？常听长一辈的人说，不能念书就只好去做学徒，学徒是要给掌柜的捧夜壶起。因此，我一连多少天，净做梦，一梦就是夜壶。

我把铅笔修得溜尖，锥子似的。墨盒里加足了墨汁。自来水笔灌足了墨水，外加墨水一瓶。三角板，毛笔，橡皮……一应俱全。

一清早我到了考场，已经满坑满谷都是我的难友，一个个的都是神头鬼脸，龇牙咧嘴的。

听人说过，从前科举场中，有人喊："有恩报恩有仇报仇！"我想到这里，就毛骨悚然。考场虽然是很爽朗，似也不免有些阴森之气。万一有个鬼魂和我过不去呢？

题目试卷都发下来了。我一目十行，先把题目大略的扫看一遍。还好，听说从前有学校考国文只有一道作文题目，全体缴了白卷，因为题目没人懂，题目好像是"卞壶不苟时好论"，典出《晋书》。我这一回总算没有遇见"卞壶"，虽然"井儿""明儿"也难倒了我。有好几门功课，题目真多，好像是在作常识试验。试场里只听得沙沙的响，像是蚕吃桑叶。我手眼并用，笔不停挥。

"拍"一声。旁边一位朋友的墨水壶摔了，溅了我一裤子蓝墨水。这一点也不稀奇，有必然性。考生没有不洒墨水的。有人的自来水笔干了，这也是必然的。有人站起来大声问，"抄题不抄题？"这也是必然的。

考场大致是肃静的。监考的先生们不知是怎样选的，都是目光炯炯，东一位，西一位，好多道目光在试场上扫来扫去，有的立在台上高瞻远瞩，有的坐在空位子上作埋伏，有的巡回检阅，真是如临大敌。最有趣的是查对照片，一位先生给一个考生相面一次，有时候还需要仔细端详，验明正身而后已。

为什么要考这样多功课，我不懂。至少两天，至多三天，我一共考四个学校，前前后后一个整月耗在考试中间，考得我不死也得脱层皮。

但是我安然考完了，一不曾犯规，二不曾晕厥。现就等着发榜。

我沉住了气，我准备了最恶劣局势的来临。万一名落孙山，我不寻短见，明年再见。可是我也准备好，万一榜上有名，切不可像《儒林外史》里的范进，喜欢得痰迷心窍，挨屠户一记耳光才醒得过来。

榜？不是榜！那是犯人的判决书。

榜上如果没有我的名字，我从此在人面前要矮下半尺多。我在街上只能擦着边行走。我在家里只能低声下气的说话。我吃的饭只能从脊梁骨下去。不敢想。如果榜上有名，则除了怕嘴乐得闭不上之外当无其他危险。明天发榜，我这一夜没好睡，直做梦，净梦见范进。

天亮，报童在街上喊："买报瞧！买报瞧！"我连爬带滚的起来，买了一张报，打开一看，蚂蚁似的一片人名，我闭紧了嘴，怕心脏从口里跳出来，找来找去，找到了，我的名字赫然在焉！只听得，噗通一声，心像石头一般落了地。我和范进不一样，我没发疯，我也不觉得乐，我只觉得麻木空虚，我不由自主的从眼里迸出了两行热泪。

流行的谬论

有许多俚语俗谚，都是多少年下来的经验与智慧累积锻炼而成。简单的一句话，好像含着颠扑不破的真理。所以在言谈之间，常被撷孔，有时候比古圣先贤的嘉言遗训还更亲切动人。由于时代变迁，曩昔的金言有些未必可以奉为圭臬，有些即使仍在流行，事实上也已近于谬论。如要举例，信手拈来就有下面几条：

一、树大自直

1. 一个孩子，缺乏家教，或是父母溺爱，很易变成性情乖张，恣肆无礼，稍长也许还会沾染恶习，自甘堕落。常言道："三岁看小，七岁看老。"悲观的人就要认为这个孩子没有出息，长大了之后大概是败家子或社会上的蠹虫。有些人比较乐观（包括大多数父母在内），却另有想法："没关系，树大自直。""浪子回头千金不换"的故事不是常有所闻的吗？

2. 树大会不会都能自直，我怀疑。山水画里的树很少是直的，多半是倚里歪斜的，甚或是悬空倒挂的。"抚孤松而盘桓。"那孤松不歪不斜便很难去抚。景山上的那棵歪脖树，是天造地设的投缳殉国的装备，至今也没有直起来，当然，山上的巨木神木都是直挺挺的矗立着的，一片片的杉木林全是栋梁之材，也没有一棵是弯曲的。

这些树不是长大了才变直，是生来就是直的。堂前栽龙柏，若无木架扶持，早晚会东歪西倒。

3.浪子回头的事是有的，但是不多，所以一有这种事情发生便被人传诵，算是佳话。浪子而不回头者则滔滔皆是，没有人觉得值得齿及，没出息的孩子变成有出息，我们可以举出许多例子，而没出息的孩子一直没出息到底则如恒河沙数。

4.树要修要剪，要扶要培。孩子也是一样。弯了的树不会自直，放纵坏了的孩子大概也不会自立。西谚有云："舍不得用板子，便会纵坏了孩子。"约翰逊博士不完全反对体罚，孩子的行为若是不正，在他身上肉厚的地方给几巴掌，他认为最是简捷了当的处理方法。

二、虱多不痒，债多不愁

晋王猛"扪虱而言，旁若无人"，固然是名士风流，无视权势。可是他的大布襦内长满了体虱（有无头虱阴虱我们不知道），那分奇痒难熬，就是没有多少经验的人也会想象得出。嵇康与山巨源绝交，也自称"性复多虱，把搔无已"，作为是不堪"裹以章服揖拜上官"的理由之一。若说虱多不痒，天晓得！虱不生则已，生则繁殖甚速，孵化很快，虱愈多则愈痒，势必非"情麻如痒处搔"不可。

对许多人而言，借贷是寻常事。初次向人告贷，也许带有几分忸怩，手心朝上，"口将言而嗫嚅"。既贷到手，久不能偿，心头上不能不感到压力，不愁才怪！债愈多则压力愈大。债主逼上门来，无辞以对，处境尴尬，设若遇到索债暴徒，则不免当场出彩。也许有人要说，近有以债养债之说，多方接纳，广开债源，债额愈大，则借贷愈易，于是由小债而变成大债，挹彼注此，左右逢源，最后由大债而变成呆账，不了了之。殊不知这种缺德之事也不是人尽能为，必其人长袖善舞而且寡廉鲜耻，随时担着风险，若说他心里坦然，无忧无虑，恐亦不然。又有人说，逋不能偿，则走为上计。昔人有"债台高筑"之说。所谓债台即是逃债之台。如今时代进步，欲逃债可以远走高飞，到异乡作寓公，不必自己高筑债台，何愁之有？殊不知人非情急，谁也不愿效狗急之跳墙。身在外邦，也要藏藏躲躲，见不得人，我猜想他的那种生活也不是一个愁字了得。

有虱必痒，债多必愁。

三、老天爷饿不死瞎家雀儿

有人真相信"天地之大德曰生"，对于一切有情之伦挣扎于濒死边缘好像是视若无睹。人间有无法糊口者，有生而残障者，有遭逢饥馑，旱涝蝗灾，辗转沟壑者。他认为不必着慌，"船到桥头自然直"，冥冥之中似有主宰，到头来大家都有饭吃。即使是一只瞎家雀也不会活生生的饿死。

谁说的！我在寒冷的北方就不止一次看到家雀从檐角坠下，显然的是饥寒交迫而死，不过我没有去验它是否是瞎的。我记得哈代有一首诗，题曰《提醒者》，大意是说他在耶诞前夕正在准备过一个快乐的夜晚，忽见窗外寒枝之上落着一只小鸟，冻得直哆嗦，饿得啄食一个硬干果，一下子堕下去像个雪球似的死了。他叹道，我难得刚要快活一阵，你竟来提醒我生活的艰难困苦！这是典型的悲观主义者哈代的一首小诗，他大概不知道我们的那句俗话"老天爷饿不死瞎家雀儿"。麻雀微细不足道，但是看看非洲在旱灾笼罩之下，多少人都成了饿殍，白骨黄沙，惨不忍睹，是人谋不臧，还是天降鞠凶？人在情急的时候，无不呼天抢地，天地会一伸援手吗？有些地方旱魃肆虐，忽然大雨滂沱，大家额手相庆，感谢上苍，没有想到雨水滋润了干土，蝗虫的卵得以在地下孵化，不久就构成了蝗灾。老天爷是何居心？

天生万物，相克相杀，没有地方讲理去，老天爷管不了许多。

四、好的开始便是成功的一半

这句话是从外语翻译过来的，很多人常把这句话挂在嘴边。未尝不是一句善颂善祷的话，当事人听了觉得很受用。但是再想一下，一个辉煌的开始便是百分之五十成功的保证，天下有这等便宜事？

诗人雅荡："靡不有初，鲜克有终。"是比较平实的说话。我们国人做事擅长的一手是"五分钟热气"，在开始时候激昂慷慨，铺张扬厉，好像是要雷厉风行，但是过不了多久，渐渐一切抛在脑后，虽然口里高唱"贯彻始终"，事实上常是有始无终。

参加赛跑的人，起步固然要紧，但最后胜利却系于临终的冲刺。最近看我们的一个球队参加国际比赛，开始有板有眼，好一阵子一直领先，但是后继无力，终落惨败。好的开始似乎无关最后的成败。

五、眼不见为净

老早有人劝我别吃烧饼，说烧饼里常夹有老鼠屎，我不信。后来我好奇，有一天掰开烧饼看看，赫然一粒老鼠屎在焉。"一粒老鼠屎搅乱一锅粥！"从此我有了戒心，不敢常吃烧饼。偶然吃一次，必先掰开仔细看看。

有人笑我过分小心。他的理论是：我们每天吃的东西种类繁多，焉能一一亲自检视，大致不差也就是了，眼不见为净。人的肉眼本来所见有限，好多有毒的或无害的微生物都不是肉眼所能窥察得到的。眼见的未必净，眼不见的也未必不净。他这种说法好有一比，现代司法观念之一是：凡嫌犯之未能证实其为有罪之前，一律假设其为无罪。食物未经化验其为不净，似乎也可以认为它是净的。这种说话很危险，如果轻信眼不见为净，很可能吃下某些东西而受害不浅，重则致命，轻则缠绵病榻，伏枕呻吟。

科学方法建设在几项哲学假设上面，其中之一是假设物质乃普遍的一致。抽样检查之可靠性也是假设其全部品质都是一样的。我们除了信赖科学检验之外，别无选择。俗语说："过水为净"。不失为可行，蔬菜水果之类多洗几遍即可减除其中残留的农药，不过食物不是都可以水洗的。

"眼不见为净"之说固不可盲从，所谓"没脏没净，吃了没病"之说简直是荒谬。

六、伸手不打笑脸人

笑脸是不常见的。常见的是面皮绷得紧紧的驴脸，可以刮下一层霜的冷脸，好像才吞了农药下去的苦脸，睡眠不足的或是劬劳瘝悴的病脸，再不就是满脸横肉的凶脸。所以我们偶然看见一张笑脸，不由得不心生喜悦。那笑脸也许不是生自内心而自然流露，也许是为了某种需要而强作笑颜。脸不必笑得像一朵花，只要面部肌肉稍为放松，嘴角稍为咧开一点，就会给人以相当的舒适感。我一向相信，笑脸是人际关系中可以通行无阻的安全证。即使人在盛怒之中，摩拳擦掌，但是不会去打一个笑脸人，他下不去手。

最近看了报上一则新闻，开始觉得笑脸并不一定能保障一个人的安全。赔笑脸有时还是免不了挨嘴巴，事属常有，我所见的这条新闻却不寻常。有一位不务正业而专走邪道的青年，有一天踉踉跄跄的回家，狼狈的伏在案头，一言不发。老母见状，不禁莞尔。这一笑，不打紧，不知年轻人是误会为讥笑、讪笑，或是冷笑，他上去对准老母胸前就是一拳。老母应拳而倒，一命归西！微微一笑引起致命的一拳。以后下文如何，不得而知。

人到了要伸手打人的时候，笑脸不但不足以御强拳，而且可以招致杀身之祸。但愿这是一条孤证。

七、吃一行，恨一行

"三百六十行，行行出状元。"这是说职业不分上下，每一行范围之内一个人只要努力，不愁不能出人头地作到顶尖的位置。这也是劝勉人各就岗位奋斗向上，不要一味的"这山望着那山高"。究竟行还是有高低，犹山之有高低。状元与状元不同。西瓜大王不能与钢铁大王比，馄饨大王也不能和煤油大王比。

每一行都有它的艰难困苦，其发展的路常是坎坷多舛的。投身到任何一个行当，只好埋头苦干。有人只看见和尚吃馒头，没看见和尚受戒，遂生羡慕别人之心，以为自己这一行只有苦没有乐，不但自己唉声叹气，恨自己选错了行，还会谆谆告诫他的子弟千万别再做这一行。这叫做"吃一行，恨一行"。

造出"吃一行，恨一行"这句话的人，其用心可能是劝勉大家安分守己，但是这句话也道出了无数人的无可奈何的心情。其实干一行应该爱一行才对。因为没有一行没有乐趣，至少一件工作之完满的完成便是无上乐趣。很多知道敬业的人不但自己满足于他的行当，而且教导他的子弟步随他的踪迹，被人称为"克绍箕裘"，其间没有丝毫恨意。

八、子不嫌母丑，狗不嫌家贫

狗是很聪明的动物，但不太聪明。乞丐拄着一根杖，提着一个钵，沿门求乞，一条瘦狗寸步不离的跟随着他。得到一些残肴剩炙，人与狗分而食之。但是狗不会离开他，不会看到较好的去处便去趋就，所以说狗不算太聪明，虽然它有那么一分义气。

在儿女的眼光里，母亲应该是最美、最可爱、最可信赖、最该受感激的一个人。人有丑的，母亲没有丑的。母亲可以老，但不会丑。从前有一首很流行的儿歌《乌鸦歌》，记得歌词是这样的："乌鸦乌鸦对我叫，乌鸦真真孝。乌鸦老了不能飞，对着小鸦啼。小鸦朝朝打食归，打食归来先喂母。'母亲从前喂过我！'"这是藉乌鸦反哺来劝孝的歌，但是最后一句"母亲从前喂过我"实在非常动人，没有失去人性的人回想起"母亲从前喂过我"，再听了这句歌词，恐怕没有不心酸的。每个人大概都会为了他的母亲而感觉骄傲，谁会嫌他的母亲丑？

"狗不嫌家贫，子不嫌母丑"，话没有错。不过嫌贫爱富恐怕是人之常情，不嫌家贫这分美誉恐怕要让狗来独享下去。子嫌母丑的例子也不是没有。我就知道有两个例子，无独有偶。有两位受过所谓"高等教育"的人，家里延见宾客，照例有两位衣服破敝的老妇捧茶出来，主人不予介绍，客人也就安然受之，以为那个老妪必是佣妇。久之才从侧面打听出来那老妪乃主人之生母。

主人嫌其老丑，有失体面，认为见不得人，使之奉茶，废物利用而已。

狗不嫌家贫，并未言过其实。子不嫌母丑，对越来越多的人有变为谬论的可能。

影响我的几本书

我喜欢书，也还喜欢读书，但是病懒，大部分时间荒嬉掉了！所以实在没有读过多少书。年届而立，才知道发愤，已经晚了。几经丧乱，席不暇暖，像董仲舒三年不窥园，米尔顿五年隐于乡，那样有良好环境专心读书的故事，我只有艳羡。多少年来所读之书，随缘涉猎，未能专精，故无所成。然亦间有几部书对于我个人为学做人之道不无影响。究竟那几部书影响较大，我没有思量过，直到八年前有一天邱秀文来访问我，她提出了这么一个问题，她问我所读之书有那几部使我受益较大。我略为思索，举出七部书以对，略加解释，语焉不详。邱秀文记录得颇为翔实，亏她细心的联缀成篇，并以标题"梁实秋的读书乐"，后来收入她的一个小册"智者群像"，时报文化出版公司出版。最近联副推出一系列文章，都是有关书和读书的，编者要我也插上一脚，并且给我出了一个题目"影响我的几本书"。我当时觉得自己好像是一个考生，遇到考官出了一个我不久以前作过的题目，自以为驾轻就熟，写起来省事，于是色然而喜，欣然应命。题目像是旧的，文字却是新的。这便是我写这篇东西的由来。

第一部影响我的书是《水浒传》。我在十四岁进清华才开始读小说，偷偷的读，因为那时候小说被目为"闲书"，在学校里看小说是悬为历禁的。但是我禁不住诱惑，偷闲在海甸一家小书铺买到一部《绿牡丹》，密密麻麻的小字光纸石印本，晚上钻在蚊帐里偷看，也许近视眼就是这样养成的。抛卷而眠，翼晨忘记藏起，查房的斋务员在枕下一摸，手到擒来。斋务主任陈筱田先生唤我前去应询，瞪着大眼厉声咤问："这是嘛？"（天津话"嘛"就是"什么"）随后把书往地上一丢，说"去吧！"算是从轻发落，没有处罚，可是我忘不了那被叱责的耻辱。我不怕，继续偷看小说，又看了肉蒲团、灯草和尚、金瓶梅等等。这几部小说，并不使我满足，我觉得内容庸俗、粗糙、下流。直到我读到水浒传才眼前一亮，觉得这是一部伟大的作品，不愧金圣叹称之为第五才子书，可以和庄、骚、史记、杜诗并列。我一读，再读，三读，不忍释手。曾试图默诵一百零八条好汉的姓名绰号，大致不差（并不是每一人物都栩栩如生，精采的不过五分之一，有人说每一个人物都有特色，那是夸张）。也曾试图搜集香烟盒里（是大联珠还是前门？）一百零八条好汉的图片。这部小说实在令人著迷。水浒作者施耐庵在元末以赐进士出身，生卒年月不详，一生经历我们也不得而知。这没有关系，我们要读的是书。有人说水浒作者是罗贯中，根本不是他，这也没有关系，我们要读的是书。水浒有七十回本，有一百回本，有一百十五回本，有一百二十回本，问题重重；整个故事是否早先有过演化的历史而逐渐形成的，也很难说；故事是北宋淮安大盗一伙人在山东寿张县梁山泊聚义的经过，有多大部分与历史符合有待考证。凡此种种都不是顶重要的事。水浒传的主题是"官逼民反，替天行道"。一个个好汉直接间接的吃了官的苦头，有苦无处诉，于是铤而走险，逼上梁山，不是贪图山上的大碗酒大块肉。官，本来是可敬的。奉公守法公忠体国的官，史不绝书。可是一朝权在手便把令来行的贪污枉法的官却也不在少数。人踏上仕途，很容易被污染，会变成为另外一种人，他说话的腔调会变，他脸上的筋肉会变，他走路的姿势会变，他的心的颜色有时候也会变。"尔俸尔禄，民脂民膏"，过骄奢的生活，成特殊阶级，也还罢了，若是为非作歹，鱼肉乡民，那罪过可大了。水浒写的是平民的一股怨气。不平则鸣，容易得到读者的同情，有人甚至不忍责那些非法的杀人放火的勾当。有人以终身不入官府为荣，怨毒中人之深可想。

较近的叛乱事件，义和团之乱是令人难忘的。我生于庚子后二年，但是清廷的糊涂，八国联军之肆虐，从长辈口述得知梗概。义和团是由洋人教士勾结官府压迫人民所造成的，其意义和梁山泊起义不同，不过就其动机与行为而言，我怜其愚，我恨其妄，而又不能不寄予多少之同情。义和团不可以一个"匪"字而一笔抹煞。英国俗文学中之罗宾汉的故事，其劫强济贫目无官府的游侠作风之所以能赢得读者的赞赏，也是因为它能伸张一般人的不平之感。我读了水浒之后，我认识了人间的不平。

我对于水浒有一点极为不满。作者好像对于女性颇不同情。水浒里的故事对于所谓奸夫淫妇有极精采的描写，而显然的对于女性特别残酷。这也许是我们传统的大男人主义，一向不把女人当人，即使当作人也是次等的人。女人有所谓贞操，而男人无。水浒为人抱不平，而没有为女人抱不平。这虽不足为水浒病，但是水浒对于欣赏其不平之鸣的读者在影响上不能不打一点折扣。

第二部书该数《胡适文存》。胡先生生在我们同一时代，长我十一岁，我们很容易忽略其伟大，其实他是我们这一代人在思想学术道德人品上最为杰出的一个。我读他的文存的时候，我尚在清华没有卒业。他影响我的地方有三：

一是他的明白清楚的白话文。明白清楚并不是散文艺术的极致，却是一切散文必须具备的起码条件。他的文学改良刍议，现在看起来似嫌过简，在当时是震聋发聩的巨著。他的白话文学史的看法，他对于文学（尤其是诗）的艺术的观念，现在看来都有问题。例如他直到晚年还坚持的说律诗是"下流"的东西，骈四俪六当然更不在他眼里。这是他的偏颇的见解。可是在五四前后，文章写得像他那样明白晓畅不枝不蔓的能有几人？我早年写作，都是以他的文字作为模仿的榜样。不过我的文字比较杂乱，不及他的纯正。

二是他的思想方法。胡先生起初倡导杜威的实验主义，后来他就不弹此调。胡先生有一句话，"不要被别人牵著鼻子走！"像是给人的当头棒喝。我从此不敢轻信人言。别人说的话，是者是之，非者非之，我心目中不存有偶像。胡先生曾为文批评时政，也曾为文对什么主义质疑，他的几位老朋友劝他不要发表，甚至要把已经发排的稿件擅自抽回，胡先生说："上帝尚且可以批评，什么人什么事不可批评？"他的这种批评态度是可佩服的。从大体上看，胡先生从不侈言革命，他还是一个"儒雅为业"的人，不过他对于往昔之不合理的礼教是不惜加以批评的。曾有人家里办丧事，求胡先生"点主"，胡先生断然拒绝，并且请他阅看《胡适文存》里有关"点主"的一篇文章，其人读了之后翕然诚服。胡先生对于任何一件事都要寻根问底，不肯盲从。他常说他有考据癖，其实也就是独立思考的习惯。

三是他的认真严肃的态度。胡先生说他一生没写过一篇不用心写的文章，看他的文存就可以知道确是如此，无论多小的题目，甚至一封短札，他也是像狮子搏兔似的全力以赴。他在庐山偶然看到一个和尚的塔，他作了八千多字的考证。他对于水经注所下的功夫是惊人的。曾有人劝他移考证水经注的功夫去做更有意义的事，他说不，他说他这样做是为了要把研究学问的方法传给后人。我对于水经注没有兴趣，胡先生的著作我没有不曾读过的，唯水经注是例外。可是他治学为文之认真的态度，是我认为应该取法的。有一次他对几个朋友说，写信一定要注明年、月、日，以便查考。我们明知我们的函件将来没有人会来研究考证，何必多此一举？他说不，要养成这习惯。我接受他的看法，年、月、日都随时注明。有人写信谨注月日而无年分，我看了便觉得缺憾。我译莎士比亚，大家知道，是由于胡先生的倡导。当初约定一年译两本，二十年完成，可是我拖了三十年。胡先生一直关注这件工作，有一次他由台湾飞到美国，他随身携带在飞机上阅读的书包括《亨利四世下篇》的译本。他对我说他要看看中译的莎士比亚能否令人看得下去。我告诉他，能否看得下去我不知道，不过我是认真翻译的，没有随意删略，没敢潦草。他说俟全集译完之日为我举行庆祝，可惜那时他已经不在了。

第三本书是白璧德的《卢梭与浪漫主义》。白璧德（Irving Babbitt）是哈佛大学教授，是一位与时代潮流不合的保守主义学者，我选过他的《英国十六世纪以后的文学批评》一课，觉得他很有见解，不但有我们前所未闻的见解，而且是和我自己的见解背道而驰。于是我对他发生了兴趣。我到书店把他的著作五种一古脑儿买回来读，其中最有代表性的是他的这一本《卢梭与浪漫主义》。他毕生致力于批判卢梭及其代表的浪漫主义，他针砭流行的偏颇的思想，总是归根到卢梭的自然主义。有一幅漫画讽刺他，画他匍匐地面揭开被单窥探床下有无卢梭藏在底下。白璧德的思想主张，我在"学衡"杂志所刊吴宓、梅光迪几位介绍文字中已略为知其一二，只是《学衡》固执的使用文言，对于一般受了五四洗礼的青年很难引起共鸣。我读了他的书，上了他的课，突然感到他的见解平正通达而且切中时弊。我平夙心中蕴结的一些浪漫情操几为之一扫而空。我开始省悟，五四以来的文艺思潮应该根据历史的透视而加以重估。我在学生时代写的第一篇批评文字《中国现代文学之浪漫的趋势》就是在这个时候写的。随后我写的《文学的纪律》、《文人有行》，以至于较后对于辛克莱《拜金艺术》的评论，都可以说是受了白璧德的影响。

白璧德对东方思想颇有渊源，他通晓梵文经典及儒家与老庄的著作。《卢梭与浪漫主义》有一篇很精彩的附录论老庄的"原始主义"，他认为卢梭的浪漫主义颇有我国老庄的色彩。白璧德的基本思想是与古典的人文主义相呼应的新人文主义。他强调人生三境界，而人之所以为人在于他有内心的理性控制，不令感情横决。这就是他念念不忘的人性二元论。中庸所谓"天命之谓性，率性之谓道，修道之谓教"，孔子所说的"克己复礼"，正是白璧德所乐于引证的道理。他重视的不是 élanvital（柏格森所谓的"创造力"）而是 élanfroin（克制力）。一个人的道德价值，不在于做了多少事，而是在于有多少事他没有做。白璧德并不说教，他没有教条，他只是坚持一个态度——健康与尊严的态度。我受他的影响很深，但是我不曾大规模的宣扬他的作品。我在新月书店曾经辑合《学衡》上的几篇文字为一小册印行，名为《白璧德与人文主义》，并没有受到人的注意。若干年后，宋淇先生为美国新闻处编译一本《美国文学批评》，其中有一篇是《卢梭与浪漫主义》的一章，是我应邀翻译的，题目好像是《浪漫的道德》。三十年代左倾仁兄们鲁迅及其他谥我为"白璧德的门徒"，虽只是一顶帽子，实也当之有愧，因为白璧德的书并不容易读，他的理想很高也很难身体力行，称为门徒谈何容易！

第四本书是叔本华的《隽语与谠言》（Maxims and Counsels）。这位举世闻名的悲观哲学家，他的主要作品 The World as Will and Idea 我没有读过，可是这部零零碎碎的札记性质的书却给我莫大的影响。

叔本华的基本认识是：人生无所谓幸福，不痛苦便是幸福。痛苦是真实的，存在的，积极的；幸福则是消极的，并无实体的存在。

没有痛苦的时候,那种消极的感受便是幸福。幸福是一种心理状态,而非实质的存在。基于此种认识,人生努力方向应该是尽量避免痛苦,而不是追求幸福,因为根本没有幸福那样的一个东西。能避免痛苦,幸福自然就来了。

我不觉得叔本华的看法是诡辩。不过避免痛苦不是一件简单的事,需要慎思明辨,更需要当机立断。

第五部书是斯陶达的《对文明的反叛》(Lothrop Stoddard:"The Revolt Against Civilization")。这不是一部古典名著,但是影响了我的思想。民国十四年,潘光旦在纽约哥伦比亚大学念书,住在黎文斯通大厦,有一天我去看他,他顺手拿起这一本书,竭力推荐要我一读。光旦是优生学者,他不但赞成节育,而且赞成"普罗列塔利亚"少生孩子,优秀的知识分子多生孩子,只有这样做,民族的品质才有希望提高。一人一票的"德谟克拉西"是不合理的,古希腊的"亚里士多克拉西"较近于理想。他推崇孔子,但不附和孟子的平民之说。他就是这样有坚定信念而非常固执的一位学者。他郑重推荐这一本书,我想必有道理,果然。

斯陶达的生平不详,我只知道他是美国人,一八八三年生,一九五〇年卒,《对文明的反叛》出版于一九二二年,此外还有《欧洲种族的实况》(一九二四年)、《欧洲与我们的钱》(一九三二年)及其他。这本《对文明的反叛》的大意是:私有财产为人类文明的基础。有了私有财产的制度,然后人类生活型态,包括家庭的、社会的、政治的、经济的各方面,才逐渐的发展而成为文明。马克斯与恩格斯于一八四八年发表的一个小册子《Manifostder Kommuniston》声言私有财产为一切罪恶的根源，要彻底的废除私有财产制度，言激而辩。斯陶达认为这是反叛文明，是对整个人类文明的打击。

文明发展到相当阶段会有不合理的现象，也可称之为病态。所以有心人就要想法改良补救，也有人就想象一个理想中的黄金时代，悬为希望中的目标。礼记礼运所谓的"大同"，虽然孔子说"大道之行也，与三代之英，丘未之逮也"，实则大同乃是理想世界，在尧舜时代未必实现过，就是禹、汤、文武周公的"小康之治"恐怕也是想当然耳。西洋哲学家如柏拉图、如斯多亚派创始者季诺（Zeno）、如陶斯玛·摩尔，及其他，都有理想世界的描写。耶稣基督也是常以慈善为教，要人共享财富。许多教派都不准僧侣自蓄财产。英国诗人柯律芝与骚赛（Coleridge and Southey）在一七九四年根据卢梭与高德文（Godwin）的理想居然想到美洲的宾夕凡尼亚去创立一个共产社区，虽然因为缺乏经费而未实现，其不满于旧社会的激情可以想见。不满于文明社会之现状，是相当普遍的心理。凡是有同情心和正义感的人对于贫富悬殊壁垒分明的现象无不深恶痛绝。不过从事改善是一回事，推翻私有财产制度又是一回事。至若以整个国家甚至以整个世界孤注一掷的做一个渺茫的理想的实验，那就太危险了。文明不是短期能累积起来的，却可毁灭于一旦。斯陶达心所谓危，所以写了这样的一本书。

第六部书是《六祖坛经》。我与佛教本来毫无瓜葛。抗战时在北碚缙云山上缙云古寺偶然看到太虚法师领导的汉藏理学院，一群和尚在翻译佛经，香烟缭绕，案积贝多树叶帖帖然，字斟句酌，庄严肃穆。佛经的翻译原来是这样谨慎而神圣的，令人肃然起敬。知客法舫，彼此通姓名后得知他是《新月》的读者，相谈甚欢，后来他送我一本他作的《金刚经讲话》，我读了也没有什么领悟。三十八年我在广州，中山大学外文系主任林文铮先生是一位狂热的密宗信徒，我从他那里借到《六祖坛经》，算是对于禅宗作了初步的接触，谈不上了解，更谈不到开悟。在丧乱中我开始思索生死这一大事因缘。在六榕寺瞻仰了六祖的塑像，对于这位不识字而能顿悟佛理的高僧有无限的敬仰。

六祖坛经不是一人一时所作，不待考证就可以看得出来，可是禅宗大旨尽萃于是。禅宗主张不立文字，但阐明宗旨还是不能不借重文字。据我浅陋的了解，禅宗主张顿悟，说起来简单，实则甚为神秘。棒喝是接引的手段，公案是参究的把鼻。说穿了即是要人一下子打断理性的逻辑的思维，停止常识的想法，蓦然一惊之中灵光闪动，于是进入一种不思善不思恶无生无死不生不死的心理状态。在这状态之中得见自心自性，是之谓明心见性，是之谓言下顿悟。

有一次我在胡适之先生面前提起铃木大拙，胡先生正色曰："你不要相信他，那是骗人的！"我不作如是想。铃木不像是有意骗人，他可能确是相信禅宗顿悟的道理。胡先生研究禅宗历史十分渊博，但是他自己没有做修持的功夫，不曾深入禅宗的奥秘。事实上他无法打入禅宗的大门，因为禅宗大旨本非理性的文字所能解析说明，只能用简略的象征的文字来暗示。在另一方面，铃木也未便以胡先生为门外汉而加以轻蔑。因为一进入文字辩论的范围便必须使用理性的逻辑的方式才足以服人。禅宗的境界用理性逻辑的文字怎样解释也说不明白，须要自身体验，如人饮水，冷暖自知。所以我看胡适铃木之论战根本是不必要的，因为两个人不站在一个层次上。一个说有鬼，一个说没有鬼，能有结论么？

我个人平夙的思想方式近于胡先生类型，但是我也容忍不同的寻求真理的方法。《哈姆雷特》一幕二景，哈姆雷特见鬼之后对于来自威吞堡的学者何瑞修说："宇宙间无奇不有，不是你的哲学全能梦想得到的。"我对于禅宗的奥秘亦作如是观。《六祖坛经》是我最初亲近的佛书，带给我不少喜悦，常引我作超然的遐思。

第七部书是卡赖尔的《英雄与英雄崇拜》（Carlyle：On Heroes, Hero-worship and the Heroic in History）原是一系列的演讲，刊于一八四一年。卡赖尔的文笔本来是汪洋恣肆，气势不凡，这部书因为原是讲稿，语气益发雄浑，滔滔不绝的有雷霆万钧之势。他所谓的英雄，不是专指掣旗斩将攻城略地的武术高超的战士而言，举凡卓越等伦的各方面的杰出人才，他都认为是英雄，神祇、先知、国王、哲学家、诗人、文人都可以称为英雄，如果他们能做人民的领袖、时代的前驱、思想的导师。卡赖尔对于人类文明的历史发展有一基本信念，他认为人类文明是极少数的领导人才所创造的。少数的杰出人才有所发明，于是大众跟进。没有睿智的领导人物，浑浑噩噩的大众就只好停留在浑浑噩噩的状态之中。证之于历史，确是如此。这种说法和孙中山先生所说"先知先觉、后知后觉、不知不觉",若合符节。卡赖尔的说法,人称之为"伟人学说"(Great Man Theory)。他说政治的妙谛在于如何把有才智的人放在统治者的位置上去。他因此而大为称颂我们的科举取士的制度。不过他没注意到取士的标准大有问题,所取之士的品质也就大有问题。好人出头是他的理想,他们憧憬的是贤人政治。他怕听"拉平者"(Levellers)那一套议论,因为人有贤不肖,根本不平等。仅管尽力拉平世间的不平等的现象,领导人才与人民大众对于文明的贡献究竟不能等量齐观。

我接受卡赖尔的伟人学说,但是我同时强调伟人的品质。尤其是政治上的伟人责任重大,如果他的品质稍有问题,例如轻言改革,囿于私见,涉及贪婪,用人不公,立刻就会灾及大众,祸国殃民。所以我一面崇拜英雄,一面深厌独裁。我愿他泽及万民,不愿他成为偶像。卡赖尔不信时势造英雄,他相信英雄造时势。我想是英雄与时势交相影响。卡赖尔受德国菲士特(Fichte)的影响,以为一代英雄之出世涵有"神意"("divine idea"),又受喀尔文(Calvin)一派清教思想的影响,以为上帝的意旨在指挥英雄人物。这种想法现已难以令人相信。

第八部书是玛克斯·奥瑞利斯(Marcus Aurelius Antoninus)的《沈思录》(Meditations),这是西洋斯托亚派哲学最后一部杰作,原文是希腊文,但是译本极多,单是英文译本自十七世纪起至今已有二百多种。在我国好像注意到这本书的人不多。我在民国四十八年将此书译成中文，由协志出版公司印行。作者是一千八百多年前的罗马帝国的皇帝，以皇帝之尊而成为苦修的哲学家，并且给我们留下这样的一部书真是奇事。

斯托亚派哲学涉及三个部门：物理学、论理学、伦理学。这一派的物理学，简言之，即是唯物主义加上泛神论，与柏拉图之以理性概念为唯一真实存在的看法正相反。斯托亚派认为只有物质的事物才是真实的存在，但是物质的宇宙之中偏存着一股精神力量，此力量以不同的形势出现，如人，如气，如精神，如灵魂，如理性，如主宰一切的原理，皆是。宇宙是神，人所崇奉的神祇只是神的显示。神话传说全是寓言。人的灵魂是从神那里放射出来的，早晚还要回到那里去。主宰一切的神圣原则即是使一切事物为了全体利益而合作。人的至善的理想即是有意识的为了共同利益而与天神合作。至于这一派的论理学则包括两部门，一是辩证法，一是修辞学，二者都是思考的工具，不太重要。玛克斯最感兴趣的是伦理学。按照这一派哲学，人生最高理想是按照宇宙自然之道去生活。所谓"自然"不是任性放肆之意，而是上面说到的宇宙自然。人生除了美德无所谓善，除了罪行无所谓恶。美德有四：一为智慧，所以辨善恶；二为公道，以便应付一切悉合分际；三为勇敢，藉以终止痛苦；四为节制，不为物欲所役。人是宇宙的一部分，所以对宇宙整体负有义务，应随时不忘本分，致力于整体利益。有时自杀也是正当的，如果生存下去无法善尽做人的责任。

《沉思录》没有明显的提示一个哲学体系，作者写这本书是在做反省的功夫，流露出无比的热诚。我很响往他这样的近于宗教的哲学。他不信轮回不信往生，与佛说异，但是他对于生死这一大事因缘却同样的不住的叮咛开导。佛示寂前，门徒环立，请示以后当以谁为师，佛说："以戒为师。"戒为一切修行之本，无论根本五戒、沙弥十戒、比丘二百五十戒，以及菩萨十重四十八轻之性戒，其要义无非是克制。不能持戒，还说什么定慧？佛所斥为外道的种种苦行，也无非是戒的延伸与歪曲。斯托亚派的这部杰作坦示了一个修行人的内心了悟，有些地方不但可与佛说参证，也可以和我国传统的"天行健，君子以自强不息"以及"克己复礼"之说相印证。英国十七世纪剧作家范伯鲁（Vanbrugh）的《旧病复发》（Relapse）里有一个愚蠢的花花大少浮平顿爵士（Lord Foppington），他说了一句有趣的话："读书乃是以别人脑筋制造出的东西以自娱。我以为有风度有身分的人可以凭自己头脑流露出来的东西而自得其乐。"书是精神食粮。食粮不一定要自己生产，自己生产的不一定会比别人生产的好。而食粮还是我们必不可或缺的。书像是一股洪流，是多年来多少聪明才智的人点点滴滴的汇集而成，很难得有人能毫无凭藉的立地涌现出一部书。读书如交友，也靠缘分，吾人有缘接触的书各有不同。我读书不多，有缘接触了几部难忘的书，有如良师益友，获益非浅，略如上述。

听戏、看戏、读戏

我小时候喜欢听戏，在北平都说听戏，不说看戏。真正内行的听众，他不挑拣座位，在池子里能有个地方就行，"吃柱子"也无所谓，在边厢暗处找个座位就可以，沏一壶茶，眯着眼，歪歪斜斜地缩在那里——听戏。实际上他听的不是戏，是某一个演员的唱。戏的主要部分是歌唱。听到一句回肠荡气的唱腔，如同搔着痒处一般，他会猛古丁地带头喊一声"好！"若是听到不合规矩荒腔走板的调子，他也会毫不留情地送上一个倒彩。真是曲有误，周郎顾。

我没有那份素养，当然不足以语此，但是我在听戏之中却是得到了一种精神上的满足。我自己虽不会唱，顶多是哼两声，但是却常被那节奏与韵味所陶醉。凡是爱听戏的人都有此经验。戏剧之所以能掌握住大众的兴趣，即以此故，戏的情节没有太大的关系，纵然有迷信的成分或是不大近情近理，都没有关系，反正是那百十来出的戏，听也听熟了，要注意的是演员之各有千秋的唱工。甚至演员的扮相也不重要，例如德珺如的小生，那张驴脸实在令人不敢承教，但是他唱起来硬是清脆可听。至于演员的身段、化妆、行头，以及台上的切末道具，更是次焉者也。

因为戏的重点在唱，而唱工优秀的演员不易得，且其唱工一旦登峰造极，厥后在剧界即有难以为继之叹，一切艺术皆是如此。自民初以后，戏剧一直在走下坡。其式微之另一个原因是观众的素质与品位变了。戏剧的盛衰，很大部分取决于观众，此乃供求之关系，势所必至。而观众受社会环境变迁之影响，其素质与品位又不得不变。新文化运动以来，论者对于戏剧常有微词，或指脸谱为野蛮的遗留，或谓剧情不外奖善惩恶之滥调，或目男扮女角为不自然，或诋剧词之常有鄙陋不通之处……诸如此类，皆不无见地，然实未搔着痒处。也有人倡为改良之议，诸如修改剧本，润色戏词，改善背景，增加幔幕，遮隔文武场面等等，均属可行，然亦未触及基本问题之所在。我们的戏属于歌剧类型，其灵魂在唱歌。这样的戏被这样的观众所长期地欣赏，已成为我们的传统文化的一个项目。是传统，即不可轻言更张。振衰起敝之道在于有效地培养演员，旧的科班制度虽非尽善，有许多地方值得保存。俗语说："三年出一个状元，三十年不见得能出一个好演员。"人才难得，半由天赋，半由苦功。培养演员，固然不易，培养观众其事尤难，观众的品位受多方的影响，控制甚难。大势所趋，歌剧的前途未可乐观。

　　戏还是要看的，不一定都要闭着眼睛听。不过我们的戏剧的特点之一是所有动作多以象征为原则，不走写实的路子。因为戏剧受舞台构造的限制，三面都是观众，无幕无景，地点可以随时变，所以不便写实。说它是原始趣味也可，说它具有象征艺术的趣味亦可。这种作风怕是要保留下去的。记得尚小云有一回演《天河配》，在出浴一场中，这位高头大马的演员穿着紧身的粉红色卫生衣裤真个的挥动纱带做出水芙蓉状！有人为之骇然，也有人为之鼓掌叫绝。我觉得这是旧剧的堕落。

话剧是由外国引进来的东西。旧剧即使不堕落，话剧的兴起，其势也是不可遏的。话剧的组成要件是动作与对白，和歌剧大异其趣。从文明新戏起到晚近的话剧运动，好像尚未达到成熟的阶段。其间有很长一段是模仿外国作品，也模仿易卜生，也模仿奥尼尔，似是无可讳言。话剧虽然不唱，演员的对白却不是简单事，如何咬字吐音，使字字句句送到全场观众的耳边，需要研究苦练，同时也需要天赋。话剧常常是由学校领头演出，中外皆然，当然学校戏剧也常有非常出色的成绩，不过戏剧演出必须职业化，然后才能期望有较高的艺术水准。

话剧的主流是写实的，可以说是真正的"人生的模拟"。故导演的手法，背景的安排，灯光的变化，服装的设计，无一不重要，所以制造戏剧的效果，使观众从舞台上的表演中体会出一段有意义的人生。戏剧不可过分迎合观众趣味，否则其娱乐性可能过分增高，而其艺术的严重性相当的减少。

在现代商业化的社会里，话剧的发展是艰苦的。且以英国著名演员劳伦斯·奥利维尔爵士为例，他的表演艺术在如今是登峰造极的一个，他说："我现在拍电影，人们总是在报上批评我。'为什么拍这些垃圾？'我告诉你什么原因：找钱送三个孩子上学，养家，为他们将来有好日子……"奥利维尔如此，其他演员无论矣。我们此时此地倡导话剧，首要之因是由政府建立现代化的剧院，不妨是小剧院，免费供应演出场地，或酌量少收费用，同时鼓励成立"定期换演剧目的剧团"，使演剧成为职业化，对于演员则大幅提高其报酬，使不至于旁骛。

戏本是为演的，不是为看的。所以剧本一向是剧团的财产之一部，并不要发表出来以供众览。科班里教戏是靠口授，而且是授以"单词"，不肯整出地传授，所拥有的全剧钞本世袭珍藏唯恐走漏。从前外国的剧团也是一样，并不把剧本当做文学作品看待。把戏剧作品当做文学的一部门，是比较晚近的事。

读剧本，与看舞台上演，其感受大不相同。舞台上演，不过是两三小时的工夫，其间动作语言曾不少停，观众直接立即获得印象。有许多问题来不及思考，有许多词句来不及品赏。读剧本则可从容玩味，发现许多问题与意义。看好的剧本在舞台上作有效的表演，那才是最理想的事。戏剧本来是以演员为主要支柱，但是没有好的剧本则表演亦无所附丽。剧本的写作是创造，演员的艺术是再创造。

戏剧被利用为宣传工具，自古已然。可以宣传宗教意识，可以宣传道德信条，驯至晚近可以宣传种种的政治与社会思想。不过戏剧自戏剧，自有其本身的文艺的价值。易卜生写《傀儡家庭》，妇女运动家视为最有力的一个宣传，但是据易卜生自己说，他根本没有想到过妇女运动。戏剧作家，和其他作家一样，需要自由创作的环境。戏剧的演出，像其他艺术活动一样，我们也应该给予最大的宽容。

莎士比亚的演出

　　莎士比亚的戏是为阅读的，还是为观赏的？这一问题好像是批评家兰姆首先提出来的。他的意思是，莎士比亚的戏博大精深，非加仔细阅读不能体会其中奥妙。他有一篇文章《论莎氏悲剧是否合于舞台排演》，他说：

　　"莎士比亚的戏，比起任何别的作家，实在最不该在舞台上排演……里面有一大部分并不属于演出的范围以内，与吾人之眼、声、姿势，漫不相关。"

　　他举例说，哈姆雷特与麦克白，其品格异常复杂，没有人可以充分地表现出哈姆雷特或麦克白的性格。他所指陈的不无见地。莎氏剧中人物确实有些个是不容易表演的，其中有些台词也确是相当深刻不易理解的。表演一出戏，不过匆匆三两个小时，当然不及阅读剧本之较多体认的机会。但是平心而论，莎氏剧中之情节、人物、对话之较深刻的只是其中一部分，其余大部分在舞台表演上没有问题，事实上，莎氏编剧原是为了表演，原是为了娱乐观众，而且是阶层不同的观众，上自缙绅学士，以至贩夫走卒，所以其写作内容也是深浅兼备，雅俗共赏。他把剧本卖给剧团，像卖货物一样，剧本即为剧团所有。剧作者也不视其剧本为文学"作品"，不曾想印成书册供人阅览，更不会以为是"经国之大业，不朽之盛事"。莎氏戏剧在他故后之第七年，才由他的两位剧院同事辑为一册，即所谓之"第一对折本"，共印了约一千册，现存完整者仅十四册。是莎氏并不特别重视他的剧本，他重视的是如何把戏编得精彩以取悦观众，使剧团赚钱，然后有机会编更多的剧本（约每年编两出），获得更多的稿费，然后逐渐成为剧院的股东（controller），然后积聚更多的资财，退休、返乡、置产，成为绅士。但是，他在编写剧本之中，流露了他的才华，把他的情感想象注入了戏中人物及其对话之中，使得剧本流传至今，为全世界的人所传诵、所研究、所欣赏。莎氏故后，他的声誉暗淡了一个时期，时代变了，品位变了，剧场变了，戏剧的形式也变了。莎氏戏剧之复兴，主要的是由于德国的浪漫派作家之狂热的赞美。当然英国十八世纪几位著名演员之竞相扮演莎剧也是功不可没的。到了晚近莎氏戏剧再度掀起热潮。

莎士比亚戏剧活动重心当然是在英国，尤其是他的出生地斯特拉福。每年到了他的诞辰，那地方成了观光胜地之一。那里有莎士比亚活动中心、莎士比亚图书馆、莎士比亚剧院，还有能扮演全部莎士比亚戏剧的剧团。目前活动重心好像是已扩展到美洲，美洲东部康乃提克州有城亦名斯特拉福，那里也有一所莎士比亚剧院，年年演出莎氏名剧，西部奥瑞冈州的优金也是年年举办莎氏纪念庆祝的所在，年年轮流上演莎氏几部作品。加拿大的昂塔利欧省也有一所莎士比亚剧院，年年演出莎氏戏剧。凡此皆足以说明莎氏作品事实上不仅是学者们研究、批评、校勘的对象，而也是愈益受到大众欢迎的舞台上演的戏剧。

戏剧和舞台有不可分的关系。有什么样的舞台就有什么样的戏剧。莎士比亚时代的舞台和我们中国旧式舞台颇为相似。台是突伸到剧场中间，观众可以从三面看戏。台前没有幕，台后没有布景，连我们中国所谓的"守旧"都没有，道具切末也等于无。因此戏就无法清晰地分幕分场，演员出出进进，一场接着一场，连续不断地表演下去，一气呵成。所表演的情节可以是长达一二十年的一段故事，也可以是发生在几天以内的一段情节。为了表示段落，戏词往往使用"双行押韵"的两行诗，暗示时间地点的改变，有时候则任何暗示也都没有。观众不以为异，他们已习惯了舞台的传统。一场接着一场，中间可以是隔离好多年。一场接着一场，中间可以隔着百千里。观众动用他们的想象力，和戏剧的演出完全合作。这种演出的方式，表面上不尚写实，事实上演员的负担很重，他要有高度的表演技巧，无论在发音或姿势方面都必须善于控制，否则无法吸引观众之几小时的注意。现行的莎氏剧本，分幕分景并有完全的舞台指导，这乃是十八世纪以来编者们所加上去的。纯粹的完全的莎士比亚演出方式现已难得一见，除非是重建一座莎士比亚舞台，由学者们指导恢复旧时演出的成规，令少数热心的观众发思古之幽情。这样的尝试不是没有，也不是不成功，事实上莎剧的演出已经是以现代化的演出方式为主流了。

现代舞台的特点是前面有幕后面有景，整个的舞台面像是一幅画框，演员面对大片观众，在这情形之下，"旁白"乃几乎是不可能，"独白"亦很难发挥其应有的效果，而"旁白"与"独白"正是莎剧中极为有用的技巧。可是现代舞台因为有幕，幕升幕降，把情节动作的段落分得清清楚楚，观众看得明明白白。这当然是按照莎剧的现代编本而演出的，而观众确是可以获得较佳印象。灯光、布景、效果，其技术的进步非前人所能想象，在在均足以增加戏剧的气氛。我记得有一次在美国看《威尼斯商人》的演出，聚精会神地看那法庭一景，场面伟大，印象很深，尤其是夏洛克表演出他的积愤的情绪，被压迫的犹太人的感情，咬牙切齿，真是一句一泪。怪不得当年德国诗人海涅看完这一幕之后，他哭了！夏洛克狼狈地回家，发现他的女儿杰西卡席卷细软而逃（这原是二幕八景里面一段口述的情形，现在巧妙地排在庭讯之后实际演出），提着灯笼在街上大叫："杰西卡，杰西卡！"此时暮霭渐深，一个老人提着灯笼嘶哑着喉咙顺着街道走向台后，一声比一声微弱，台上灯光渐渐暗了下去，幕徐徐下，景色动人极了，我久久不能忘。我想这是莎氏原来的舞台上无法表现出来的效果。按照剧本这悲惨的情况只是由两个目睹的配角口中述说，纵然在述说的时候极力模仿，模仿得惟妙惟肖，也只能产生讥笑的意味，观众很难运用想象充分体会其凄凉残酷的意味。只有在现代的写实舞台上才能给观众以直接的刺激。又例如，《罗密欧与朱丽叶》一剧开场就是一场打斗，先是几个人的小冲突，然后是大规模的打群架。按照剧本的提示，先是"互斗"，随后是"相格斗"，最后是"两家各若干人，参加打斗……"。在旧式四四方方的舞台上，空间不多，互斗还可以，打群架就难以表演。现代舞台宽阔，大批的人分为两队，着不同颜色的服装，虽是进行混战，看起来还是壁垒分明，就像是我们旧戏中两队龙套一般，这也是现代舞台之所擅长的一端。

现代舞因为分幕的关系，并且需要极力减少景的变化之故，对于剧本一定要大施改动删裁。莎士比亚的现代舞台本和原剧本的面目可能有很大的差异，如《李尔王》之结局改为大团圆，那乃是时代品位的关系，与舞台无关。一般的改动是基于舞台需要，不得不缩删移动以求其紧凑。好的舞台本无不是汰芜存菁，尽力保存原剧的面目。许多舞台本删去不少的文字游戏双关语及猥亵的对话，因为这些是十六世纪的时尚，已不甚合我们的趣味，如果删裁得当未可厚非。我们阅读莎士比亚则原作俱在，可以充分欣赏其全豹而巨细靡遗。事实上，没有人读舞台本的。

"用你们的想象来补充我们的缺陷，把一个人分成一千份，假想盛大的军容"，莎士比亚搬上银幕，乃一大发展。舞台上不便演出的情形，在电影里可以充分发挥。例如，《仲夏夜之梦》里的一伙小仙，玲珑剔透，真是可作掌上舞，小到可以睡在一朵花苞里，可以在蜜蜂身上偷蜜，可以在萤火虫眼里点蜡烛。在舞台上，这些小仙只好由童伶扮演，但是童伶身体无论多么小巧，也小不到像小仙那样。我记得看过一部由萨拉·伯纳德主演的《仲夏夜之梦》影片（还配上了曼德松的音乐，真是珠联璧合），我保有深刻印象，因为电影利用摄影的技巧，把小仙们"翻山冈、渡原野、披丛林、斩荆棘、过游苑、越栅界、涉水来、投火去"真个的表演出来了，而且个个都是娇小玲珑。舞台上办不到的，电影里乃优为之，这不过是一例。我又看过一部《亨利五世》的影片，我也获得了以前不曾有过的印象。《亨利五世》是一部战争戏，以阿金谷一役为其高潮。英国人所以大败法国人，主要原因是英国人开始大量使用长弓，法国人主要使用的仅是中古以来传统武器长枪。两阵对垒，长枪难抵长弓，胜负立见。但是这一番厮杀在舞台上很难表现。莎士比亚明白舞台的限制，所以这出剧本一反往例于每幕之前加一"剧情说明"，把行动改为叙述，第一幕的剧情说明人就一再地说："这个斗鸡场能容纳法兰西之广大的战场么？……让我们来激发你们的想象力吧！……用你们的想象来补充我们的缺陷，把一个人分成一千份，假想盛大的军容……"以后各幕的剧情说明都强调观众之想象力的重要性。可是我看影片，这盛大军容便直接呈现在我眼前了，千军万马，斩将搴旗，令人看得有如身临其境。也许有人要说，这样的写实手法未必优于诉诸想象。需知所谓想象要有知识背景，不能凭空悬拟，并且也需要时间细细揣摹，坐在剧院里听着一些稍纵即逝的台词而随时运用想象，其事恐怕甚难。但是电影克服了这困难。

　　电影拥有广大观众，把莎士比亚戏剧有效地推出在一般观众之前，这推广的效果异常伟大。优秀的戏剧演员纷纷在电影上出现，也是大势所趋。本是著名的舞台演员奥利维尔爵士，也屡屡以其扮演莎氏名剧主角的身份不惜在银幕之上现身。我不否认莎氏作品在舞台上或银幕上，其号召力或者不及一般较低级的歌舞打斗的作品，但是显而易见的，莎剧影片有其独到之处，比舞台表演更易受到一般观众的了解。

对莎剧电视片播出的四个小小愿望。

莎氏剧作由电影而电视，乃是又一新的发展。电视把莎剧送进家庭，观赏可以不必到剧院买票。电视的时间宝贵，一部片子最多只能用两个多小时，不及电影之比较宽裕，因之剧情不能不力求紧凑，原剧本之删节改编自然难免。原剧本中所有猥亵语也必全部芟除，就像 Bowlder 版本的剧集一样，倒也无关宏旨。欣闻英国的广播公司编制了《莎士比亚全集》的电视影片，我非常兴奋。前几年我看到广告，知道已有唱片公司录了《莎士比亚全集》唱片，没想到数年之后又有全集的电视片问世。听说电视片发行以来，已有二十几国价购放映，我们的电视公司有见识有魄力，亦已取得该片，今起即将开始放映第一批的六部戏。我从前看过同一公司拍制的克拉克爵士主持的西洋艺术及西洋文化的电视片，实在是高度享受，尤其是放映过程中不插广告，一个多小时的节目不受任何干扰。我相信这一套莎剧电视片在品质上一定能维持其以往的出品的水准，内容必定精彩。于此我有几个小小的愿望：

一、播映之前要有充分准备，在电视周刊上作比较简单扼要的介绍，使一般观众明了其剧情及其意义。

二、中文字幕是必要的，但文字要正确无讹，不宜过分地随俗乱译，尤其是剧名人名更要斟酌至当。

三、播映中间不要插进广告，着实在舍不得那笔广告收入，设法就广告内容稍加限制。

　　四、附带制作录影带公开发行。

双城记

这"双城记"与狄更斯的小说《二城故事》无关。

我所谓的双城是指我们的台北与美国的西雅图。对这两个城市，我都有一点粗略的认识。在台北我住了三十多年，搬过六次家，从德惠街搬到辛亥路，吃过拜拜，挤过花朝，游过孔庙，逛过万华，究竟所知有限。高阶层的灯红酒绿，低阶层的褐衣蔬食，接触不多，平素交游活动的范围也很狭小，疏慵成性，画地为牢，中华路以西即甚少涉足。西雅图（简称西市）是美国西北部一大港口，若干年来我曾访问过不下十次，居留期间长则两三年，短则一两月，闭门家中坐的时候多，因为虽有胜情而无济胜之具，即或驾言出游，也不过是浮光掠影。所以我说我对这两个城市，只有一点粗略的认识。

我向不欲侈谈中西文化，更不敢妄加比较。只因所知不够宽广，不够深入。中国文化历史悠久，不是片言可以概括；西方文化也够博大精深，非一时一地的一鳞半爪所能代表。我现在所要谈的只是就两个城市，凭个人耳目所及，一些浅显的感受或观察。"贤者识其大，不贤者识其小"，如是而已。

两个地方的气候不同。台北地处亚热带，又是一个盆地，环市皆山。我从楼头俯瞰，常见白茫茫的一片，好像有"气蒸云梦泽"的气势。到了黄梅天，衣服被褥总是湿漉漉的。夏季午后常有阵雨，来得骤，去得急，雷电交掣之后，雨过天晴。台风过境，则排山倒海，像是要耸散穹隆，应是台湾一景，台北也偶叨临幸。西市在美国西北隅海港内，其纬度相当于我国东北之哈尔滨与齐齐哈尔，赖有海洋暖流调剂，冬天虽亦雨雪霏霏而不至于酷寒，夏季则早晚特凉，夜眠需拥重毯。也有连绵的霪雨，但晴时天朗气清，长空万里。我曾见长虹横亘，作一百八十度，罩盖半边天。凌晨四时，暾出东方，日薄崦嵫要在晚间九时以后。

我从台北来，着夏季衣裳，西市机场内有暖气，尚不觉有异，一出机场大门立刻觉得寒气逼人，家人乃急以厚重大衣加身。我深吸一口大气，沁人肺腑，有似冰心在玉壶。我回到台北去，一出有冷气的机场，熏风扑面，遍体生津，俨如落进一镬热粥糜。不过人各有所好，不可一概而论。我认识一位生长台北而长居西市的朋友，据告非常想念台北，想念台北的一切，尤其是想念台北夏之黏粘燠热的天气！

西市的天气干爽，凭窗远眺，但见山是山，水是水，红的是花，绿的是叶，轮廓分明，纤微毕现，而且色泽鲜艳。我们台北路边也有树，重阳木、霸王椰、红棉树、白千层……都很壮观，不过树叶上，蒙了一层灰尘，只有到了阳明山才能看见像打了蜡似的绿叶。

西市家家有烟囱，但是个个烟囱不冒烟。壁炉里烧着火光熊熊的大木橛，多半是假的，是电动的机关。晴时可以望见积雪皑皑的瑞尼尔山，好像是浮在半天中；北望喀斯开山脉若隐若现。台北则异于是。很少人家有烟囱，很多人家在房顶上、在院子里、在道路边烧纸、烧垃圾，东一把火西一股烟，大有"夜举烽、昼燔燧"之致。凭窗亦可看山，我天天看得见的是近在咫尺的蟾蜍山。近山绿，远山青。观音山则永远是淡淡的一抹花青，大屯山则更常是云深不知处了。不过我们也不可忘记，圣海伦斯火山爆发，如果风向稍偏一点，西市也会变得灰头土脸。

对于一个爱花木的人来说，两城各有千秋。西市有著名的州花山杜鹃，繁花如簇，光艳照人，几乎没有一家庭园间不有几棵点缀。此外如茶花、玫瑰、辛夷、球茎海棠，也都茁壮可喜。此地花厂很多，规模大而品类繁。最难得的是台湾气候养不好的牡丹，此地偶可一见。友人马逢华伉俪精心培植了几株牡丹，黄色者尤为高雅，我今年来此稍迟，枝头仅余一朵，蒙剪下见贻，案头瓶供，五日而谢。严格讲，台北气候、土壤似不特宜莳花，但各地名花荟萃于是。如台北选举市花，窃谓杜鹃宜推魁首。这杜鹃不同于西市的山杜鹃，体态轻盈小巧，而又耐热耐干。台北艺兰之风甚盛，洋兰、蝴蝶兰、石斛兰都穷极娇艳，到处有之，唯花美叶美而又有淡淡幽香者为素心兰，此所以被人称为"君子之香"而又可以入画。水仙也是台北一绝，每适新年，岁朝清供之中，凌波仙子为必不可少之一员。以视西市之所谓水仙，路旁泽畔一大片一大片的临风招展，其情趣又大不相同。

夜不闭户，路不拾遗，乃想象中的大同世界，古今中外从来没有过一个地方真正实现过。人性本有善良一面、丑恶一面，故人群中欲其"不稂不莠"，实不可能。大体上能保持法律与秩序，大多数人民能安居乐业，就算是治安良好，其形态、其程度在各地容有不同而已。

台北之治安良好是举世闻名的。我于三十几年之中，只轮到一次独行盗公然登堂入室，抢夺了一只手表和一把钞票，而且他于十二小时内落网，于十二日内伏诛。而且，在我奉传指证人犯的时候，他还对我说了一声"对不起"。至于剪绺扒窃之徒，则何处无之？我于三十几年中只失落了三支自来水笔，一次是在动物园看蛇吃鸡，一次是在公共汽车里，一次是在成都路行人道上。都怪自己不小心。此外家里蒙贼光顾若干次，一共只损失了两具大同电锅，也许是因为寒舍实在别无长物。"大搬家"的事常有所闻，大概是其中琳琅满目值得一搬。台北民房窗上多装铁栅，其状不雅，火警时难以逃生，久为中外人士所诟病。西市的屋窗皆不装铁栏，而且没有围墙，顶多设短栏栅防狗。可是我在西市下榻之处，数年内即有三次昏夜中承蒙嬉皮之类的青年以啤酒瓶砸烂玻璃窗，报警后，警车于数分钟内到达，开一报案号码由事主收执，此后也就没有下文。衙门机关的大扇门窗照砸，私人家里的窗户算得什么！银行门口大型盆树也有人黄夜搬走。不过说来这都是癣疥之疾。明火抢银行才是大案子，西市也发生过几起，报纸上轻描淡写，大家也司空见惯，这是台北所没有的事。

台北市虎，目中无人，尤其是拼命三郎所骑的嘟嘟响冒青烟的机车，横冲直撞，见缝就钻，红砖道上也常如虎出柙。谁以为斑马线安全，谁可能吃眼前亏。有人说这里的交通秩序之乱甲于全球，我没有周游过世界，不敢妄言。西市的情形则确是两样，不晓得一般驾车的人为什么那样的服从成性，见了"停"字就停，也不管前面有无行人车辆。时常行人过街，驾车的人停车向你点头挥手，只是没听见他说："您请！您请！"我也见过两车相撞，奇怪的是两方并来骂街，从容地交换姓名、住址及保险公司的行号，分别离去，不伤和气。也没有聚集一大堆人看热闹。可是谁也不能不承认，台北的计程车满街跑，呼之即来，方便至极。虽然这也要靠运气，可能司机先生蓬首垢面、跣足拖鞋，也可能嫌你路程太短而怨气冲天，也可能他的车座年久失修而坑洼不平，也可能他烟瘾大发而火星烟屑飞落到你的胸襟，也可能他看你可欺而把车开到荒郊野外掏出一把起子而对你强……不过这是难得一遇的事。在台北坐计程车还算是安全的，比行人穿越马路要安全得多。西市计程车少，是因为私有汽车太多，物以稀为贵，所以清早要雇车到飞机场，需要前一晚就要洽约，而且车费也很高昂，不过不像我们桃园机场的车那样的乱。

吃在台北，一说起来就会令许多老饕流涎三尺。大小餐馆林立，各种口味都有。有人说中国的烹饪艺术只有在台湾能保持于不坠。这个说起来话长。目前在台北的厨师，各省籍的都有，而所谓北方的、宁浙的、广东的、四川的等餐馆掌勺的人，一大部分未必是师承各自的行家，很可能是略窥门径的二把刀。点一个辣子鸡、醋溜鱼、红烧鲍鱼、回锅肉……立即就可以品出其中含有多少家乡风味。也许是限于调货，手艺不便施展。例如烤鸭，就没有一家能够水准，因为根本没有那种适宜于烤的鸭。大家思乡嘴馋，依稀仿佛之中觉得聊胜于无而已。整桌的酒席，内容丰盛近于奢靡，可置不论。平民食物，事关大众，才是我们所最关心的。台北的小吃店大排档常有物美价廉的各地食物。一般而论，人民食物在质量上尚很充分，唯在营养、卫生方面则尚有待改进。一般的厨房炊具、用具、洗涤储藏，都不够清洁。有人进餐厅，先察看其厕所及厨房，如不满意，回头就走，至少下次不再问津。我每天吃油条烧饼，有人警告我："当心烧饼里有老鼠屎！"我翌日细察，果然不诬，吓得我好久好久不敢尝试，其实看看那桶既浑且黑的洗碗水，也就足以令人趑趄不前了。

美国的食物，全国各地无大差异。常听人讥评美国人，文化浅，不会吃，有人初到美国留学，穷得日以罐头充饥，遂以为美国人的食物与狗食无大差异。事实上，有些嬉皮还真是常吃狗食罐头，以表示其箪食瓢饮的风度。美国人不善烹调，也是事实，不过以他们的聪明才智，如肯下工夫于调和鼎鼐，恐亦未必逊于其他国家。他们的生活紧张，凡事讲究快速和效率，普通工作的人，午餐时间由半小时至一小时，我没听说过身心健全的人还有所谓午睡。他们的吃食简单，他们也有类似便当的食盒，但是我没听说过蒸热便当再吃。他们的平民食物是汉堡三文治、热狗、炸鸡、炸鱼、比萨等，价廉而快速简便，随身有五指钢叉，吃过抹抹嘴就行了。说起汉堡三文治，我们台北也有，但是偷工减料，相形见绌。麦唐奴的大型汉堡（"BigMac"），里面油多肉多菜多，厚厚实实，拿在手里滚热，吃在口里喷香。我吃过两次赫尔飞的咸肉汉堡三文治，体形更大，双层肉饼，再加上几条部分透明的咸肉、番茄、洋葱、沙拉酱，需要把嘴张大到最大限度方能一口咬下去。西市滨海，蛤王、蟹王、各种鱼、虾，以及江瑶柱等等，无不鲜美。台北有蚵仔煎，西市有蚵羹，差可媲美。堪塔基炸鸡，面糊有秘方，台北仿制像是东施效颦一无是处。西市餐馆不分大小，经常接受清洁检查，经常有公开处罚勒令改进之事，值得令人喝彩，卫生行政人员显然不是尸位素餐之辈。

台北的牛排馆不少，但是求其不像是皮鞋底而能咀嚼下咽者并不多觏。西市的牛排大致软韧合度而含汁浆。居民几乎家家后院有烤肉的设备，时常一家烤肉三家香，不必一定要到海滨、山上去燔炙，这种风味不是家居台北者所能领略。

西雅图地广人稀，历史短而规模大，住宅区和商业区有相当距离。五十多万人口，就有好几十处公园。市政府与华盛顿大学共有的植物园就在市中心区，真所谓闹中取静，尤为难得可贵。海滨的几处公园，有沙滩，可以掘蛤，可以捞海带，可以观赏海鸥飞翔，渔舟点点。义勇兵公园里有艺术馆（门前立着的石兽翁仲是从中国搬去的），有温室（内有台湾的兰花）。到处都有原始森林保存剩下的参天古木。西市是美国北部荒野边陲开辟出来的一个现代都市。我们的台北是一个古老的城市，突然繁荣发展，以致到处有张皇失措的现象。房地价格在西市以上。楼上住宅，楼下可能是乌烟瘴气的汽车修理厂，或是铁工厂，或是洗衣店。横七竖八的市招令人眼花缭乱。

大街道上摊贩云集，是台北的一景，其实这也是古老传统"市集"的遗风。古时日中为市，我们是入夜摆摊。警察来则哄然而逃，警察去则蜂然复聚。买卖双方怡然称便。有几条街的摊贩已成定型，各有专营的行当，好像没有人取缔。最近，一些学生也参加了行列，声势益发浩大。西市没有摊贩之说，人穷急了抢银行，谁肯搏此蝇头之利？不过海滨也有一个少数民族麇集的摊贩市场，卖鱼鲜、菜蔬、杂货之类，还不时地有些大胡子青年弹吉他唱曲，在那里助兴讨钱。有一回我在那里的街头徘徊，突闻一缕异香袭人，发现街角有摊车小贩，卖糖炒栗子，要二角五分一颗，他是意大利人。这和我们台北沿街贩卖烤白薯的情形颇为近似。也曾看见过推车子卖油炸圈饼的。夏季，住宅区内，偶有三轮汽车叮哨铃响地缓缓而行，逗孩子们从家门飞奔出来买冰激凌。除此以外，住宅区一片寂静，巷内少人行，门前车马稀，没听过汽车喇叭响，哪有我们台北热闹？

　　西市盛产木材，一般房屋都是木造的，木料很坚实，围墙栅栏也是木造的居多。一般住家都是平房，高楼公寓并不多见。这和我们的四层公寓七层大厦的景况不同。因此，家家都有前庭后院，家家都割草莳花，而很难得一见有人在阳光下晒晾衣服。讲到衣服，美国人很不讲究，大概只有银行职员、政府官吏、公司店伙才整套西装打领结。如果遇到一个中国人服装整齐，大概可以料想他是刚从台湾来。从前大学校园里，教授的特殊标志是打领结，现亦不复然，也常是随随便便的一副褴褛相。所谓"汽车房旧物发卖"或"慈善性义卖"之类，有时候五角钱可以买到一件外套，一元钱可以买到一身西装，还相当不错。

　　西市的垃圾处理是由一家民营公司承办。每星期固定一日有汽车挨户收取，这汽车是密闭的，没有我们台北垃圾车之"少女的祈祷"的乐声，司机一声不响跳下车来把各家门前的垃圾桶扛在肩上往车里一丢，里面的机关发动就把垃圾辗碎了。在台北，一辆垃圾车配有好几位工人，大家一面忙着搬运一面忙着做垃圾分类的工作，塑胶袋放在一堆，玻璃瓶又是一堆，厚纸箱又是一堆。最无用的垃圾运到较偏僻的地方摊堆开来，还有人做第二梯次的爬梳工作。

　　西市的人喜欢户外生活，我们台北的人好像是偏爱室内的游戏。西市湖滨游艇蚁聚，好多汽车顶上驮着机船满街跑。到处有人清晨慢跑，风雨无阻。滑雪、爬山、露营，青年人趋之若鹜。山难之事似乎大不听说。

　　不知是谁造了"月亮外国的圆"这样一句俏皮的反语，挖苦盲目崇洋的人。偏偏又有人喜欢搬出杜工部的一句诗"月是故乡圆"，这就有点画蛇添足了。何况杜诗原意也不是说故乡的月亮比异地的圆，只是说遥想故乡此刻也是月圆之时而已。我所描写的双地，瑕瑜互见，也许，揭了自己的疮疤，长了他人的志气，也许，没有违反见贤思齐闻过则喜的道理，唯读者谅之。

割胆记

"胆结石？没关系，小毛病，把胆割去就好啦！赶快到医院去。下午就开刀，三天就没事啦！"——这是我的一位好心的朋友听说我患胆结石之后对我所说的一番安慰兼带鼓励的话。假如这结石是生在别人的身上，我可以完全同意他的看法，可惜这结石是生在我的这只不争气的胆里，而我对于自己身上的任何零件都轻易不肯割爱。

一九六二年五月二十二日，我清晨照例外出散步，回来又帮着我的太太提了二十几桶水灌园浇花，也许劳累了些，随后就胃痛起来。这一痛，不似往常的普通胃痛，真正的是如剜如绞，在床上痛得翻筋斗，竖蜻蜓，呼天抢地，死去活来。医生来，说是胆结石症（Cholelithiasis），打过针后镇定了一会儿，随后又折腾起来。熬过了一夜，第二天我就进了医院——中心诊所。

除了胃痛之外，我还微微发热，这是胆囊炎（Cholecystitis）的征象。在这情形之下，如不急剧恶化，宜先由内科治疗等到体温正常，健康复原之后再择吉开刀。X光照相显示，我的胆特别大，而且形状也特别，位置也异常。我的胆比平常人的大两三倍。通常是梨形，上小底大，我只是在越王勾践"卧薪尝胆图"上看见过。我的胆则形如扁桃。胆的位置是在腹部右上端，而我的胆位置较高，高三根肋骨的样子。我这扁桃形的胆囊，左边一半堆满了石头，右边一半也堆满了石头，数目无法计算。做外科手术，最要紧的是要确知患部的位置，而那位置最好是能相当暴露在容易动手处理的地方。我的胆的部位不太好。别人横斜着挨一刀，我可能要竖着再加上一刀，才能摘取下来。

感谢内科医师们，我的治疗进行非常顺利，使紧急开刀成为不必需。七天后我出院了。医师嘱咐我，在体力恢复到最佳状态时，向外科报到。这是一个很令人为难的处境。如果在病发的那一天，立刻就予以宰割，没有话说，如今要我把身体养得好好的再去从容就义，那很不是滋味。这种外科手术叫做"间期手术"（interval operation），是比较最安全可靠的。但是对病人来讲，在精神上很紧张。

关心我的朋友们也开始紧张了。主张开刀派与主张不开刀派都言之成理，但是我没有法子能同时听从两面的主张。"去开刀罢，一劳永逸，若是不开也不一定就出乱子，可是有引起黄胆病的可能，也可能导致肝癌，而且开刀也很安全，有百分之九十几的把握。如果迁延到年纪再大些，开刀就不容易了……"——这一套话很有道理。"要慎重些的好，能不开还是不开，年纪大的人要特别慎重，医师的话要听但亦不可全听，专家的知识可贵，常识亦不可忽视……"这一套话也很中听。

这时节报纸上刊出西德新发明专治各种结石特效药的广告，不用开刀，吃下药去即可将结石融化，或使大者变小，小者排出体外。

这种药实在太理想了！可是一细想这样神奇的药应该经由临床实验，应该由医学机构证明推荐，何必花费巨资在报纸上大登广告？良好的医师都不登广告，良好的药品似乎也无须大吹大擂。我不但未敢尝试，也未敢向医师提起这样的神药。

中医有所谓偏方，据说往往有奇效。四年前我发现有糖尿症，我明知道这病症是终身的，无法根治，但是好心的朋友们坚持要我喝玉黍须煮的水，我喝了一百天，结果是病未好，不过也没有坏。这次我患胆石，从三个不同的来源来了三个偏方，核对之下内容完全一样，有一个特别注明为"叶天士秘方"。叶天士大名鼎鼎，无人不知，这秘方满天飞，算不得怎样秘了。处方如下：

白术二钱　白芍二钱　白扁豆二钱炒　黄蓍二钱炙

茯苓二钱　甘草二钱　生姜五片　　红枣二枚

就是不懂岐黄之术的人也可以看得出来这不是一服霸道的药。吃几服没有关系，有益无损，只怕叶天士未必肯承认是他的方子而已。

又有朋友老远地寄给我一包药草，说是山胞在高山采摘的专治结石的特效药，他的母亲为了随时行善特地在庭园栽植了满满的一畦。像是菊花叶似的，味苦。神农尝百草，不知他尝过这草没有。不过据说多少人都服了见效，一块块的石头都消灭于无形，病霍然愈。

各种偏方，无论中西，都能给怕开刀的人以精神上的安慰，有时也能给病人以灵验的感觉。因为像胆石这样的病，即使不服任何药物，也会渐渐平复下去，不过什么时候再来一次猛烈的袭击就不得而知。可能这一生永不再发，也可能一年半载之后又大发特发，甚至一发而不可收拾。所以拖延不是办法。或是冒险而开刀，或是不开刀而冒险，二者必取其一。我自内科治疗之后，体力复元很慢，一个月后体温始恢复正常，然后迁延复迁延，同时又等候着秋凉，而长夏又好像没有尽止似的燠热，秋凉偏是不来。这样的我熬过了五个月，身体上没有什么苦痛，精神上可受了折磨。胆里含着一包石头，就和肚里怀着鬼胎差不多，使得人心里七上八下的不得安宁。好容易挨到十月底，凉风起天末，中心诊所的张先林主任也从美国回来了，我于二十二日入院接受手术。

　　二十二日那一天，天高气爽，我携带一个包袱，由我的太太陪着，准时于上午八点到达医院报到，好像是犯人自行投案一般。没有敢惊动朋友们，因为开刀的事无论如何也不能算是喜事，而且刀尚未开，谁也不敢说一定会演变成为丧事，既不在红白喜事之列，自然也不必声张。可是事后好多朋友都怪我事前没有通知。五个月前的旧地重游，好多的面孔都是熟识的。我的心情是很坦然的，来者不怕，怕者不来，既来则安之。我担心的是我的太太，我怕她受不住这一份紧张。

　　我对开刀是有过颇不寻常的经验的。二十年前我在四川北碚割盲肠，紧急开刀。临时把外科主任请来，他在发疟疾，满头大汗。

那时候除了口服的 Sulhnilamide 之外还没有别的抗生素。手术室里蚊蝇乱舞，两位护士不住地挥动拍子防止蚊蝇在伤口下蛋。手术室里一灯如豆，而且手术正在进行时突然停电，幸亏在窗外伫立参观手术的一位朋友手里有一只二尺长的大型手电筒，借来使用了一阵。在这情形之下完成了手术，七天拆线，紧跟着发高热，白血球激增，呈昏迷现象，于是医师会诊，外科说是感染了内科病症，内科说是外科手术上出了毛病，结果是二度开刀打开看看以释群疑。一看之下，谁也没说什么，不再缝口，塞进一卷纱布，天天洗脓，足足仰卧了一个多月，半年后人才复原。所以提起开刀，我知道是怎样的滋味。

但是我忽略了一个事实。二十年来，医学进步甚为可观，而且此时此地的人才与设备，也迥异往昔。事实证明，对于开刀前前后后之种种顾虑，全是多余的。二十二日这一天，忙着作各项检验，忙得没有工夫去胡思乱想。晚上服一颗安眠药，倒头便睡。翌日黎明，又服下一粒 Morphine Atroprin，不大工夫就觉得有一点飘飘然，忽忽然，软趴趴的，懒洋洋的，好像是近于"不思善，不思恶"那样的境界，心里不起一点杂念，但是并不是湛然寂静，是迷离恍惚的感觉。就在这心理状态下，于七点三十分被抬进手术室。想象中的手术前之紧张恐怖，根本来不及发生。

剖腹，痛事也。手术室中剖腹，则不知痛为何物。这当然有赖于麻醉剂。局部麻醉，半身麻醉，全身麻醉，我都尝受过，虽然谈不上痛苦，但是也很不简单。我记得把醚（ether）扣在鼻子上，一滴一滴地往上加，弄得腮帮嘴角都湿漉漉的，嘴里"一、二、三……"应声数着，我一直数到三十几才就范，事后发现手腕扣紧皮带处都因挣扎反抗而呈淤血状态。我这一回接受麻醉，情形完全不同。躺在冰凉邦硬的手术台上，第一件事是把氧气管通到鼻子上，一阵清凉的新鲜空气喷射了出来，就好像是在飞机乘客座位旁边的通气设备一样。把氧气和麻醉剂同时使用是麻醉术一大进步，病人感觉至少有舒适之感。其次是打葡萄糖水，然后静脉注射一针，很快地就全身麻醉了，妙在不感觉麻醉药的刺激，很自然很轻松地不知不觉也丧失了知觉，比睡觉还更舒服。以后便是撬开牙关，把一根管子插入肺管，麻醉剂由这管子直接注入到肺里去，在麻醉师控制之下可以知道确实注了多少麻醉剂，参看病人心脏的反应而予以适当的调整。这其间有一项危险，不牢固的牙齿可能脱落而咽了下去；我就有两颗动摇的牙齿，多亏麻醉师王大夫（学仕）为我悉心处理，使我的牙齿一点也没受到影响。

手术是由张先林先生亲自实行的，由俞瑞璋、苑玉玺两位大夫协助。张先生的学识经验，那还用说？去年我的一位朋友患肾结石，也是张先生动的手术，他告诉我张先生的手不仅是快，而且巧。肉窟窿里面没有多少空间让手指周旋，但是他的几个手指在里面运用自如，单手就可以打个结子。我在八时正式开刀，十时抬回了病房。在我，这就如同睡了一觉，大梦初醒，根本不知过了多久，亦不知发生了什么事。猛然间听得耳边有人喊我，我醒了，只觉得腰腹之间麻木凝滞，好像是邦硬的一根大木橛子横插在身体里面，可是不痛。照例麻醉过后往往不由自主地吐真言。我第一句话据说是:"石头在哪里? 石头在哪里? "由鼻孔里插进去抽取胃液的橡皮管子,像是一根通心粉,足足地抽了三十九小时才撤去,不是很好受的。

我的胆是已经割下来了,我的太太过去检观,粉红的颜色,皮厚有如猪肚,一层层地剖开,里面像石榴似的含着一大堆湿黏乌黑的石头。后来用水漂洗,露出淡赭色,上面有红蓝色斑点,石质并不太坚,一按就碎,大者如黄豆,小者如芝麻,大小共计一百三十三颗,装在玻璃瓶里供人参观。石块不算大,数目也不算多,多的可达数百块,而且颜色普通,没有鲜艳的色泽,也不清莹透彻,比起以戒定慧熏修而得的佛舍利,当然相差甚远。胆不是一个必备的器官,它的职务只是储藏胆液并且使胆液浓缩,浓缩到八倍至十倍。里面既已充满石头,它的用处也就不大,割去也罢。高级动物大概都有胆,不过也有没有胆的,所以割去也无所谓。割去之后,立刻感觉到腹腔里不再东痛西痛。

朋友们来看我,我就把玻璃瓶送给他看。他们的反应不尽相同,有的说:"哎哟,这么多石头,你看,早就该开刀,等了好几个月,多受了多少罪! "有的说:"哎哟,这么多石头,当然非开刀不可,吃药是化不了的! "有的说:"哎哟,这么多石头,可以留着种水仙花! "有的说:"哎哟,这么多石头,外科医师真是了不起! "随后便是我或繁或简地叙述割胆的经过,垂问殷勤则多说几句,否则少说几句。

第二天早晨护士小姐催我起来走路。才坐起来便觉得头晕目眩,心悸气喘，勉强下床两个人搀扶着绕走了一周。但是第三天不需扶持了，第四天可以绕室数回，第五天可以外出如厕了。手术之后立即进行运动的办法，据说是由于我们中国伤兵在第二次世界大战中所表现的惊人的成效而确立的。我们的伤兵于手术之后不肯在床上僵卧，常常自由活动，结果恢复得特别快，这给了医术人员一个启示。不知这说法有无根据？

我在第九天早晨，大摇大摆地提着包袱走出医院，回家静养。一出医院大门，只见一片阳光，照耀得你睁不开眼，不禁暗暗叫道："好漂亮的新鲜世界！"

送礼

　　原始民族出猎，有所获，必定把猎物割裂，加以燔熏，分赠族人。在送者方面，我想一定是满面春光，没有任何偷偷摸摸躲躲闪闪的神情。出狩大吉，当然需要大家共享其乐。在受者方面，我想也一定是春光满面，不要什么谦辞让的手续。叨在族谊，却之不恭。双方光明磊落，而且是自然之至。倒是人类文明进步之后，弊端丛生，然后才有"礼尚往来，来而不往非礼也"这样的理论出现。这理论究竟不错，旨在安定社会，防止纠纷。但是近代社会过于复杂，有时因送礼而形成很尴尬的局面。

　　寒斋萧索，与人少有往还，逢年过节，但见红红绿绿大包小笼衮衮过门而不入，所谓厚贶遥颁之事实在是很难得的。有一年，端阳前数日，忽然有人把礼物送上门来，附着一张名片，上写"菲仪四色，务求赏收"。送礼人问清这是"梁寓"之后便不由分说跨上铁马绝尘而去。我午睡方醒，待要追问来人，其人早已杳不可寻。细查名片上的姓名，则素不相识。检视内容，皆是食品，并无夹层隐藏任何违碍之物。心想也许是门生故旧，恤老怜贫，但是再想现已进入原子时代，这类事毋乃"时代错误"？再说，既承馈贻，曷不进门小憩，班荆道故？左思右想，不得要领，送警报案，似是小题大做。转送劳军，又好像是慷他人之慨。无功受禄，又恐伤廉。结果是原封不动，庋藏高阁，希望其人能惠然返来，物归原主。事隔数日，一部分食物已经霉腐，暴殄天物，可惜之至！从此我逢人便问可有谁认识此公？终归人海茫茫，渺无踪迹。

转瞬到了中秋，节约之声又复盈耳，此公于家人外出之际又送来一份礼物，分量较前次加了一番。八角形的月饼直径在一尺以上，堆在桌上灿烂夺目。我当时的心情，犹如在门内发现了一具弃婴。弃婴犹可找个去处，这一大堆食品可怎样安排？过去有人送过我几匣月饼，打开一看，黑压压一片，万头攒动，全是蚂蚁。也有人送过自制的精品年糕，里面除了核仁瓜子之外还有无数条白胖的肉蛆，活泼乱跳。这直径一尺开外的大月饼其结局还不是同样的喂蚂蚁肉蛆！但是我开始恐惧了，此公一再宠锡有加，猪喂肥了没有不宰的，难道他屡施小惠，存心有一天要我感恩图报驰驱效死吗？惶悚之余，我全家戒严了，以后无论什么人前来送礼，一定要暂加扣留，验明正身，问清底细，否则绝不放行。王密夜怀金十斤送给杨震，说："暮夜无知者。"杨震回答说："天知，神知，我知，子知，何谓无知？"我则连四知都说不上，子是谁，我不知道，我是谁，恐怕你也不清楚。这样糊里糊涂下去，天神也要不容许了。

不久，年关届临，此公又施施然来。这一回，说好说歹，把他延进玄关，我仔细打量他一下，一人多高，貌似忠厚，衣履俱全，而打躬作揖，礼貌特别周到，他带来的礼物比上次又多了，成几何级数的进展。"官不打送礼的"，我非官，焉敢打人，我只是诘问：

"我不认识你，你屡次三番地送东西来，是何用意？"

他的嘴唇有点发抖，勉强把脸上的筋肉作弄成为一个笑容，说：

"一点小意思，不成敬意。你帮了我这样多忙！"

"我帮了你什么忙？你知道我是谁吗？"

"你不是梁先生吗？"

我不能不承认说："是呀。"

"那就对啦！我们行里的事，要不是梁先生在局里替我们做主，那是不得了的。"

"什么局？"

"××局。"

"哎呀！我从来没有在××局做过事。你大概搞错了吧？"

"没有错，没有错，梁先生是住在这一条街上，虽然我不知道他的门牌号数。"

我于是告诉他，一条街上很可能有两个以上的姓梁的人。我们姓梁的，自周平王之子封南梁以来，迄今二千七百多年，历代繁衍，一条街上有一个以上的姓梁的也不是不可能的事。前两次的礼物事实上已经收下，抱歉至极，这一次无论如何也不敢当，敬请原物带回，并且以后也不敢再劳驾了。

此人闻悉，登时变色，"怔营惶怖，靡知厝身"，急忙携起礼物仓皇狼狈而去。连呼："对不起，对不起！"其怪遂绝。

守时

《史记》五十五留侯世家，记载圯上老人授书张良的故事，甚为生动："后五日平明，与我会此。"良因怪之，跪曰："诺。"五日平明，良往，父已先至，怒曰："与老人期，后何也？"去曰："后五日早会。"五日鸡鸣，良往，父又先在，复怒曰："后何也？"去曰："后五日复早来。"五日良夜未半往。有顷，父亦来，喜曰："当如是。"

老人与良约会三次。第一次平明为期，平明就是天刚亮，语义相当含糊，天亮到什么程度才算是平明，本难确定。"东方未明"是一阶段，"东方未晞"，又是一阶段，等到东方天际泛鱼肚色则又是一阶段。良平明往，未落日出之后，就不算是迟到。老人发什么脾气？说什么"与老人期"之倚老卖老的话？第二次约，时间更不明确，只说早一点去。良鸡鸣往，"鸡既鸣矣"，就是天明以前的一刹那，事实上已经提早到达，还嫌太晚。第三次良夜未半往，夜未半即是午夜以前，这一次才满老人意。既然如此，为什么不早明说，虽然这是老人有意测验年轻人的耐性，但也不必这样蛮不讲理的折磨人。有人问我，假如遇见这样的一个老人作何感想，我说我愿效禅师的说法："大喝一声，一棒打杀！"

黄石公的故事是神话。不过守时却是古往今来文明社会共有的一个重要的道德信念。远古的时候问题简单，日出而作，日入而息，根本没有精确的时间观念，而且人与人要约的事恐怕也不太多。

《易·系辞》所谓"日中为市，致天下之民，聚天下之货，交易而退，各得其所"，不失为大家在时间上共立的一个标准，晚近的庙会市集，也还各有其约定俗成的时期规格。自从有了漏刻，分昼夜为百刻，一天之内才算有正确时间可资遵循。周有挈壶氏，自唐至清有挈壶正，是专管时间的官员。沙漏较晚，制在元朝。到了近年，也还有放午炮之说。现代的准确计时之器，如钟表之类，则是明季的舶来品，"明万历二十八年，大西洋人利玛窦来献自鸣钟"（《续通考·乐考》），嗣后自鸣钟在国内就大行其道。我小时候在三贝子花园畅观楼内，尚及见清朝洋人所贡各式各样的自鸣钟，金光灿烂，洋洋大观。在民间几乎家家案上正中央都有一架自鸣钟，用一把钥匙上弦，昼夜按时刻叮叮哨哨的响。外国人家墙上常见的鹧鸪钟，一只小鸟从一个小门跳出来报时，在国内尚比较少见。好像我们老一辈的中国人特别喜爱钟表，除了背心上特缝好几个小衣袋专放怀表之外，比较富裕人家墙上还常有一个硬木螺钿玻璃门的表柜，里面挂着二三十只形形色色的表，金的、银的、景泰蓝的、闷壳的，甚至背面壳里藏有活动秘戏图的，非如此不足以餍其收藏癖。至于如今的手表（实际是腕表）则高官大贾以至贩夫走卒无不备有一只了。

普遍的有了计时的工具，若是大家不知守时，又有何用？普通的衙门机关之类都定有办公时间，假如说是八点开始，到时候去看看，就会知道那是怎么一回事。大抵较低级的人员比较最守时，虽然其中难免有几位忙着在办事桌上吃豆浆油条。首长及高级人员大概就姗姗来迟了，他们还有一套理由，只有到了十点左右办稿拟稿逐层旅行的公文才能到达他们手里，早去了没有用。至于下班的时间，则大家多半知道守时，眼巴巴地望着时钟，谁也不甘落后。

和民众接触最频繁的莫过于银行邮局，可是在门前逡巡好久，进门烧头炷香的顾客不见得立刻就能受理，往往还要伫候一阵子，因为柜台后面的先生小姐可能很忙，忙着打开保险柜，忙着搬运文件，忙着清理卡片，忙着数钞票，忙着调整戳印，甚至于忙着泡茶，在在都需要时间。顾客们要少安毋躁。

朋友宴客，有一两位照例迟到，一碟瓜子大家都快嗑完了，主人急得团团转，而那一两位客偏不来。按说"后至者诛"才是正理，但是后至者往往正是主客或是贵宾，所以必须虚上席以待。旧日戏园演戏，只有两盏汽油灯为照明之具，等到名角出台亮相，则几十盏电灯一齐照耀，声势非凡。有迟到之癖的客人大概是以名角自居，迟到之后不觉得歉然，反倒有得色。而迟到的人可能还要早退，表示另有一处要应酬，也许只是虚晃一招，实际是回家吃碗蛋炒饭。

要守时，但不一定要分秒不差，那就是苛求了。但也不能距约定时间太远，甲欲访乙，先打电话过去商洽，这是很有礼貌的行为，甲问什么时候驾临，乙说马上就去。问题就出在这"马上"二字，甲忘了叮问是什么马，是"竹披双耳峻，风入四蹄轻"的胡马，还是"皮干剥落，毛暗萧条"的瘦马，是练习纵跃用的木马，还是渡过了康王的泥马。和人要约，害得对方久等，揆诸时间即生命之说，岂是轻轻一声抱歉所能赎其罪愆？

守时不是容易事，要精神总动员。要不要先整其衣冠，要不要携带什么，要不要预计途中有多少红灯，都要通过大脑盘算一下。迟到固然不好，早到亦非万全之策，早到给自己找烦恼，有时候也给别人以不必要的窘。黄石公那段故事是例外，不足为训。记得莎士比亚有一句戏词："赴情人约，永远是早到。"情人一心一意地在对方身上，不肯有分秒的延误，同时又怕对方忍受枯守之苦，所以"月上柳梢头，人约黄昏后"，老早地就去等着，"月移花影动，疑是玉人来"了。

　　我们能不能推爱及于一切邀约，大家都守时？

礼貌

前些年有一位朋友在宴会后引我到他家中小坐。推门而入,看见他的一位少爷正躺在沙发椅上看杂志。他的姿式不大寻常,头朝下,两腿高举在沙发靠背上面,倒竖蜻蜓。他不怕这种姿式可能使他吃饱了饭呕出来。这是他的自由,我的朋友喊了他一声:"约翰!"他好像没听见,也许是太专心于看杂志了。我的朋友又说:"约翰!起来喊梁伯伯!"他听见了,但是没有什么反应,继续看他的杂志,只是翻了一下白眼,我的朋友有一点窘,就好像耍猴子的敲一声锣教猴子翻筋斗而猴子不肯动,当下喃喃地自言自语:"这孩子,没礼貌!"我心里想:他没有跳起来一拳把我打出门外,已经是相当的有礼貌了。

礼貌之为物,随时随地而异。我小时在北平,常在街上看见戴眼镜的人(那时候的眼镜都是两个大大的滴溜圆的镜片,配上银质的框子和腿)。他一遇到迎面而来的熟人,老远的就刷地一下把眼镜取下,握在手里,然后向前紧走两步,两人同时口中念念有词互相蹲一条腿请安。我至今不明白为什么二人相见要先摘下眼镜。戴着眼镜有什么失敬之处?如今戴眼镜的人太多了,有些人从小就成了四眼田鸡,摘不胜摘,也就没人见人摘眼镜了。可见礼貌随时而异。

人在屋里不可以峨大冠,中外皆然,但是在西方则女人有特权,屋里可以不摘帽子。尤其是从前的西方妇女，她们的帽子特大，常常像是头上顶着一个大鸟窝，或是一个大铁锅，或是一个大花篮，奇形怪状，不可方物。这种帽子也许戴上摘下都很费事，而且摘下来也难觅放置之处，所以妇女可以在室内不摘帽子。多半个世纪之前，有一次在美国，我偕友进入电影院，落座之后，发现我们前排座位上有两位戴大花冠的妇人，正好遮住我们的视线。我想从两顶帽子之间的空隙窥看银幕亦不可得，因为那两顶大帽子不时地左右移动。我忍耐不住，用我们的国语低声对我的友伴说："这两个老太婆太可恶了，大帽子使得我无法看电影。"话犹未了，一位老太婆转过头来，用相当纯正的中国话对我说，"你们二位是刚从中国来的么？"言罢把帽除去。我窘不可言。她戴帽子不失礼，我用中国话背后斥责她，倒是我没有礼貌了。可见礼貌也是随地而异。

西方人的家是他的堡垒，不容闲杂人等随便闯入，朋友访问时，而且照例事前通知。我们在这一方面的礼貌好像要差一些。我们的中上阶级人家，深宅大院，邻近的人不会随便造访。中下的小户人家，两家可以共用一垛墙，跨出门不需要几步就到了邻舍，就容易有所谓串门子闲聊天的习惯。任何人吃饱饭没事做，都可以蹓到别人家里闲嗑牙，也不管别人是否有工夫陪你瞎嚼蛆。有时候去的真不是时候，令人窘，例如在人家睡的时候，或吃饭的时候，或工作的时候，实在诸多不便，然而一般人认为这不算是失礼。一聊没个完，主人打哈欠，看手表，客人无动于衷，宾至如归。这种串门子的陋习，如今少了，但未绝迹。

探病是礼貌，也是艺术。空手去也可以，带点东西来无妨。要看彼此的关系和身份加以斟酌。有的人病房里花篮堆积如山，像是店铺开张，也有病人收到的食物冰箱里装不下。探病不一定要面带戚容，因为探病不同于吊丧，但是也不宜高谈阔论有说有笑，因为病房里究竟还是有一个病人。别停留过久，因为有病的人受不了，没病的人也受不了。除非特别亲近的人，我想寄一张探病的专用卡片不失为彼此两便之策。

吊丧是最不愉快的事，能免则免。与死者确有深交，则不免拊棺一恸。人琴俱亡，不执孝子手而退，抚尸陨涕，滚地作驴鸣而为宾客笑都不算失礼。吊死者曰吊，吊生者曰唁。对生者如何致唁语，实在难于措辞。我曾见一位孝子陪灵，并不匍伏地上，而是跷起二郎腿坐在椅子上，嘴里叼着纸烟，悠然自得。这是他的自由，然而不能使吊者大悦。西俗，吊客照例绕棺瞻仰遗容。我不知道遗容有什么好瞻仰的，倒是我们的习惯把死者的照片放大，高悬灵桌之上，供人吊祭，比较合理。或多或少患有"恐尸症"的人，看了面如黄蜡白蜡的一张面孔，会心里难过好几天，何苦来哉？在殡仪馆的院子里，通常麇集着很多的吊客，不像是吊客，像是一群人在赶集，热闹得很。

关于婚礼，我已谈过不止一次，不再赘。

饮宴之礼，无论中西都有一套繁文缛节。我们现行的礼节之最令人厌烦的莫过于敬酒。主人敬酒是题中应有之义，三巡也就够了。客人回敬主人，也不可少。唯独客人与客人之间经常不断地举杯，此起彼落，也不管彼此是否相识，也一一地皮笑肉不笑地互相敬酒。有些人根本不喝酒，举起茶杯汽水杯充数。有时候正在低头吃东西，对面有人向你敬酒，你若没有觉察，对方难堪，你若随时敷衍，不胜其扰。这种敬酒的习惯，不中不西，没有意义，应该简化。还有一项陋习就是劝酒，说好说歹，硬要对方干杯，创出"先干为敬"的谬说，要挟威吓，最后是捏着鼻子灌酒，甚至演出全武行，礼貌云乎哉？

搬家

　　人讥笑我，说我大概是吃了耗子药，否则怎么会五年之内搬了三次家。搬家是辛苦事。除非是真的家徒四壁，任谁都会蓄积一些弃之可惜留之无用的东西，到了搬家的时候才最感觉到累赘。小时候师长就谆谆告诫不可暴殄天物，常引陶侃竹头木屑的故事为例，所以长大了之后很难改除收藏废物的习惯，日积月累，满坑满谷全是东西。其中一部分还怪不得我，都是朋友们的宠锡嘉贶，有些还真是近似"白象"，也不管蜗居逼仄到什么地步，一头接着一头的"白象"接踵而来，常常是在拜领之后就进了储藏室或是束之高阁。到了搬家的时候，陈谷子烂芝麻一齐出仓，还是哪一样都舍不得丢。没办法，照搬。我认识一个人，他也是有这个爱惜物资的老毛病，当年他到外国读书，订购牛奶每天一瓶，喝完牛奶之后觉得那瓶子实在可爱，洗干净之后通明透剔，舍不得丢进垃圾桶，就放在屋角，久而久之成了一大堆，地板有压坏之虞，无法处理，最后花一笔钱才请人为之清除。我倒不至于这样的痴，可是毛病也不少。别的不提，单说朋友们的来信，我照例往一只抽屉里一丢，并非庋藏，可是一抽屉一抽屉的塞得结结实实，难道搬家时也带了走？要想审阅一遍去芜存菁，那工程也很浩大，无已，硬着头皮选出少数的存留，剩下的大部分的朵云华笺最好是付之丙丁，然而那要构成空气污染也于心不忍，只好弃之，好在内中并无机密。我还听说有一位先生，每天看完报纸必定折叠整齐，一天一沓，一月一捆，久之堆积到充栋的地步，一日行经其下，报纸堆突然倒坍，老先生压在底下受伤竟至不治。我每次搬家必定割舍许多平素不肯抛弃的东西，可叹的是旧的才去新的又来。

　　搬一次家要动员好多人力。我小时在北平有过两次搬家的经验。大敞车、排子车、人力车，外加十个八个"窝脖儿的"，忙活十天半个月才暂告段落。所谓"窝脖儿的"，也许有人还没听说过，凡是精致的家具，如全堂的紫檀、大理石心的硬木桌椅，以至于玻璃罩的大座钟和穿衣镜等等，都禁不得磕碰，不能用车运送，就是雕花的柜橱之类也不能上车。于是要雇请"窝脖儿的"来任艰巨。顾名思义，他的运输工具主要的就是他的脖颈。他把头低下来，用一块麻包之类的东西垫在他的脖颈上，再加上一块夹板，几百斤重的东西架在他的脖子上，他伸出两手扶着，就健步如飞地上路了。我曾察看他的脖子，与众不同，有一大块青紫的肉坟起如驼峰，是这一行业的标记。后来有所谓搬场公司，这一行就没落了。可是据我的经验，所谓搬场公司虽然扬言服务周到，打个电话就来，可是事到临头，三五个粗壮大汉七手八脚地像拆除大队似的把东西塞满大卡车，小发财，一声吆喝，风驰电掣而去，这时候我便不由得想起从前的"窝脖儿的"那一行业。搬一次家，家具缺胳膊短腿是保不齐的，至若碰瘪几个坑、擦掉几块漆，那是题中应有之义，可以算做是一种折旧。如果搬家也可以用货柜制度该多好，即使有人要在你忙乱之际顺手牵羊，也将无所施其技。

搬一次家如生一场病，好久好久才能苏息过来，又好久好久才能习惯下来。这一切都没有什么可怨的，只要有个地方可以栖迟也就罢了。我从小到大，居住的地方越搬越小，从前有个三进五进外加几个跨院，如今则以坪计。喜乐先生给我画过一幅"故居图"，是极高明的一幅界画，于俯瞰透视之中绘出平昔宴居之趣，悬在壁上不时地撩起我的故国之思，而那旧式的庭院也是值得怀念的。如今我的家越搬越高，搬到了十几层之上，在这一点上倒是名副其实的乔迁。

俗话说："千金买房，万金买邻。"旨哉言也。孟母三迁，还不是为了邻居不大理想？假使孟母生于今日，卜居一大城市之中，恐怕非一日一迁不可。孟母三迁，首先是因为其舍近墓，后来迁居市旁，其地又为贾人炫卖之所，最后徙居学宫之旁，才决定安居下去。"昔孟母，择邻处"，主要是为了孩子，怕孩子受环境影响，似尚不曾考虑环境的安宁、卫生等条件，如今择邻而处，真是万难。我如今的住处，左也是学宫，右也是学宫，几曾见有"设俎豆揖让进退之事"？时常是咙聒之声盈耳，再不就是操场上的扩音喇叭疯狂地叫喊。贾人炫卖更是常事，如果楼下没有修理汽车的小肆之夜以继日的敲敲打打就算是万幸了。我住的地方位于台北盆地之中，四面是山，应该是有"山花如水净，山鸟与云闲"（王荆公诗）的景致，但是不，远山常为雾罩，眼前看到的全是鳞次栉比的鸽子笼。而且千不该万不该我买了一具望远镜，等到天朗气清之日向远山望去，哇！全是累累的坟墓。我想起洛阳北门外有北邙山，"北邙山头少闲土，尽是洛阳人旧墓"（王建诗），城外多少土馒头，城内多少馒头馅，亘古如斯，倒也不是什么值得特别感慨的事。

不过我住的地方是傍着一条交通孔道，早早晚晚车如流水，轰轰隆隆，其中最令人心惊的莫过于丧车。张籍诗："洛阳北门北邙道，丧车辚辚入秋草。"我所听到的声音不只是辚辚，于辚辚之外还有锣、鼓、喇叭、唢呐，以及不知名的敲打吹腔的乐器，有不成节奏的节奏和不成腔调的腔调。不过有一回我听出了所奏的是"苏武牧羊"。这种乐队车常不止一辆，场面大的可能有十辆八辆，南管北管、洋鼓洋号各显其能。这种大出丧、小出丧，若遇黄道吉日，一天可能有几十档子由我楼下经过。有人来贺新居问我，住在这样的地方听这种声音，是不是不大吉利。我说，这有什么不吉利。想起王荆公一首五古《两山间》，其中有这样几句：

> 我欲抛山去，山仍劝我还。
> 只应身后冢，亦是眼中山。
> 且复依山住，归鞍未可攀。

房东与房客

狗见了猫，猫见了耗子，全没有好气，总不免怒目相视，龇牙咧嘴，一场格斗了事。上天生物就是这样，生生相克，总得斗。房东与房客，或房客与房东，其间的关系也是同样的不祥。在房东眼里，房客很少有好东西；在房客眼里，房东根本就没有一个好东西。利害冲突，彼此很难维持人与人之间应有的常态。

房东的哲学往往是这样的："来看房的那个人，看样子就面生可疑。我的房子能随便租给人？租给他开白面房子怎么办？将来非找个妥保不可。你看他那个神儿！房子的间架矮哩，院子窄哩，地点偏哩，房租贵哩，褒贬得一文不值，好像是谁请他来住似的！你不合适不会不住？我说得清清楚楚，你没有家眷我可不租，他说他有。我问他是干什么的，他死不张嘴，再不就是吞吞吐吐，八成不是好人。可是后来我还是租给他了。他往里一搬，哎呀，怎那么多人口，也不知究竟是几家子？瘪嘴的老太太有好几位，孩子一大串，兔儿爷似的一个比一个高。住了没有几个月，房子糟蹋得不成样子，雪白的墙角上他堆煤，披麻绿油的影壁上画了粉笔的飞机与乌龟，砖缝里的草长了一人多高，沟眼也堵死了，水龙头也歪了，地板上的油漆也磨光了，天花板也熏黑了，玻璃窗也用高丽纸给补了，门环子也掉了……唉，简直是遭劫！房租到期还要拖欠，早一天取固然不成，过几天取也常要碰钉子，'过两天再来吧'、'下月一起付罢'、'太太不在家'、'先付半个月的罢'、'我们还没有发薪哪，发了薪给你送去'……好，房租取不到，还得白跑道。腿杆儿都跑细了。他不给租钱，还挺横，你去取租的时候，他就叫你蹲在门口儿，"砰"的一声把大门关上了，好像是你欠他的钱！也有到时候把房租送上门来的，这主儿更难缠，说不定他早做了二房东，他怕我去调查。租人家的房子住人的，有几个是有良心的？……"

房客的哲学又是一套："这房东的房子多得很，'吃瓦片儿的'，任事不做。靠房钱吃饭。这房子一点儿也不合局，我要是有钱绝不租这样的房子。我是凑和着住。一进门就是三份儿，一房一茶一打扫。比阎王还凶。没法子，给你。还要打铺保？我人地生疏，哪里找保去？难道我还能把你的房子吃掉不成？你问我家里人口多不多？你管得着么？难道房东还带查户口？'不准转租'，我自己还不够住的呢！可是我要把南房腾空转租，你也管不了，反正我不欠你的房租。'不准拖欠'，噫，我要是有钱我绝不拖欠。这个月我迟领了几天薪，房东就三天两头儿地找上门来，好像是有几年没付房钱似的，搅得我一家不安。谁没有个手头儿发窘？何苦！房钱错了一天也不行，急如星火，可是那天下雨房漏了，打了八次电话，他也不派人来修，把我的被褥都湿脏了，阴沟堵住了，院里积了一汪子水，也不来修。门环掉了，都是我自己找人修的。他还觍着脸催房钱！无耻！我住了这样久，没糟蹋你一间房子，墙、柱子都好好的，没摘过你一扇门一扇窗子，还要怎样？这样的房客你哪里找去？……"

房东房客如此之不相容，租赁的关系不是很容易决裂的吗？啊不。比离婚还难。房东虽然不好，房子还是要住的；房客虽然不好，房子不能不由他住。主客之间永远是紧张的，谁也不把谁当做君子看。

　　这还是承平时代的情形。在通货膨胀的时代，双方的无名火都提高了好几十丈，提起了对方的时候恐怕牙都要发痒。

　　房东的哲学要追加这样一部分："你这几个房钱够干什么的？你以后不必给房钱了，每个月给我几个烧饼好了。一开口就是'老房客'，老房客就该白住房？你也打听打听现在的市价，顶费要几条几条的，房租要一袋一袋的，我的房租不到市价的十分之一，人不可没有良心。你嫌贵，你别处租租试看。你说年头不好，你没有钱，可以住小房呀！谁叫你住这么大的一所？没有钱，就该找三间房忍着去，你还要场面？你要是一个钱都没有，就该白住房么？我一家子指着房钱吃饭哪！您也不是我的儿子，我为什么让你白住？……"

　　房客方面也追加理由如下："我这么多年没欠过租，我们的友谊要紧。房钱不是没有涨过，我自动地还给你涨过一次呢，要说是市价一间一袋的话，那不合法，那是高抬物价，市侩作风，说到哪里也是你没理。人不可不知足。你要涨到多少才叫够？我的薪水也并没有跟着物价涨。才几个月的工夫，又啰唆着要涨房租，亏你说得出口！你是房东，资产阶级，你不知没房住的苦，何必在穷人身上打算盘？不用废话了，等我的薪水下次调整，也给你加一点儿，多少总得加你一点儿，这个月还是这么多，你爱拿不拿！你不拿，我放在提存处去，不是我欠租……"

闹到这个地步，关系该断绝了罢？啊不，房客赌气搬家，不，这个气赌不得，赌财不赌气。房东撵房客搬家，更不行，撵人搬家是最伤天害理的事，谁也不同情，而且事实上也撵不动，房客像是生了根一般。打官司么？房东心里明白：请律师递状，开庭，试行和解，开庭辩论，宣判，二审，三审，执行，这一套程序不要两年也得一年半，不合算。没法子，怄吧。房东和房客就这样地在怄着。

世界上就没有人懂得一点儿宾主之谊，客客气气，好来好散的么？有。不过那是在"君子国"里。

厌恶女性者

不要以为男人都是好色之徒，也有厌恶女性者。

《周书·列传》第四十，萧统三子萧詧，曾在江陵称帝八载，据说他"少有大志，不拘小节……性不饮酒，安于俭素……尤恶见妇人，虽相去数步，遥闻其臭。经御妇人之衣，不复更著"。

一个曾临九五的人，无论在位如何短暂，疆土如何狭小，我们可以想象内宫粉黛，必极其妍。而萧詧恶见妇人，事属不经，似难索解。女人离他数步之遥，他就闻到她的臭味，更是离奇，难道他遇到的妇人个个都患狐臭？因思古时淳于髡一斗亦醉，一石亦醉，最欢畅的时候是"州闾之会，男女杂坐……前有堕珥，后有遗簪"、"男女同席，履舄交错……主人留髡而送客，罗襦襟解，微闻芳泽"。芳泽就是指女人身上散发出来的一股特殊的香气。淳于髡说的大概是实话。这种香气须在相当亲近肌肤的时候才能闻到。《红楼梦》里宝玉不是就曾一再勉强的要闻黛玉的袖口么？只因袖口里有芳泽。这种香气，萧詧大概是无缘消受。不过萧詧雅好佛理，曾有"内典华严般若法华金光明义疏四十六卷"的著作行世，也许因潜心佛理而厌恶女色，亦未可知。可是事实上他生了八个儿子，死时才四十四岁，这又怎么说？

厌恶女性者，英文叫做 misogynist，在文学作品中有时也有很率直的描述。例如，十六世纪作家约翰·黎利（John Lyly）所作《优浮绮斯》(Euphues)，其中有一封长信，是优浮绮斯在离开那不利斯返回雅典时写给他的一位朋友及一般痴情男子的。这封信号称为"戒色指南"(The Cooling Card)。其言曰：

> 她如果贞洁，必定拘谨；如果轻佻，必定淫荡；如是严肃的婆娘，谁肯爱她？如是放浪的泼妇，谁愿娶她？如是侍奉灶神的处女，她们是誓不嫁人的；如是追随爱神的信徒，她们是势必荒淫的。如果我爱一个美貌的，势必引起嫉妒；如果我爱一个貌寝的，会要使我疯狂。如果生育频繁，则负担有增无已；如果不能生育，则我的罪孽愈发深重；如果贤淑，我会担心她早死；如果不淑，我会厌恶她长寿。

把女人说得一无是处，其结论是"避免接近女人"。优浮绮斯的私行并不谨饬，被蛇咬过一回，以后见了绳子也怕。所以他的厌恶女性的论调实是有感而发。

异性相吸，男女相悦，乃是常情。至于溺于女色者，如纣王之宠妲己，幽王之宠褒姒，以至于亡国，则罪不全在妲己与褒姒，纣王、幽王须负更大之责任。只因佳人难再得，遂任其倾城倾国，昏君本人之罪责岂容推诿？赵飞燕的女弟刚接进宫，就有人在背后议论："此祸水也，必将灭火。"汉得火德而兴，是否因此一女子而渐灭，且不去管它，"祸水"一词从此成了某些女性的代名词。西谚有云："任何事故，追根问底，必定有个女人。"话并不错，不过要看怎样解释。一个人在事业上有所成就，很大部分是因为家有贤妻，一个人一生中不闯大祸，也很大部分是因为家有贤妻。"女人是水做的，男人是泥做的"，是女性崇拜的说法，指女人为祸水，是厌恶女性者的口头禅。

文艺与道德

在美国的《新闻周刊》上看到这样一段新闻：

"且来享受醇酒妇人，尽情欢笑；明天再喝苏打水，听人讲道。"
这是英国诗人拜伦（一七八八年至一八二四年）的句子，据说他不
仅这样劝别人，他自己也彻底地接受了他自己的劝告；他和无数的
情人缱绻，许多的丑闻使得这位面貌姣好头发卷曲的诗人死后不得
在西敏寺内获一席地，几近一百五十年之久。一位教会长老说过，
拜伦的"公然放浪的行为"和他的"不检的诗篇"使他不具有进入
西敏寺的资格。但是"英格兰诗会"以为这位伟大的浪漫作家，由
于他的诗和"他对于社会公道与自由之经常的关切"，还是应该享
有一座纪念物的，西敏寺也终于改变了初衷，在"诗人角"里，安
放了一块铜牌来纪念拜伦。那"诗人角"是早已装满了纪念诗人们
的碑牌之类，包括诸大诗人如莎士比亚、弥尔顿、巢塞、雪莱、济慈，
甚至还有一位外国诗人名为朗费洛的也在内。

这样的一条新闻实在令人感慨万千。拜伦是英国的一位浪漫诗
人，在行为与作品上都不平凡，"一觉醒来，名满天下"，他不但震
世骇俗，他也愤世嫉俗，"不是英格兰不适于我，便是我不适于英
格兰"，于是怫然出国，遨游欧土，卒至客死异乡，享年不过三十
有六。他生不见容于重礼法的英国社会，死不为西敏寺所尊重，这
是可以理解的事。一百五十年后，情感被时间冲淡，社会认清了拜

伦的全部面貌，西敏寺敞开了它的严封固扃的大门，这一事实不能不使我们想一想，文艺与道德究竟是怎样的一种关系。

有人说，文艺与道德没有关系。一位厨师，只要善于调和鼎鼐，满足我们的口腹，我们就不必追问他的私生活中有无放荡逾检之处。这一比喻固很巧妙，但并不十分允洽。因为烹调的成品，以其色香味供我们欣赏，性质简单。而文艺作品之内容，则为人生的写照，人性的发挥，我们不仅欣赏其文词，抑且受其内容的感动，有时为之逸兴遄飞，有时为之回肠荡气。我们纵然不问作者本人的道德行为，却不能不理会文艺作品本身所含蓄着的道德意味。人生的写照，人性的发挥，永远不能离开道德。文艺与道德不可能没有关系。进一步说，口腹之欲的满足也并非是饮食之道的极致；快我朵颐之外，也还要顾到营养健康。文艺之于读者的感应，其间更要引起道德的影响与陶冶的功能。

所谓道德，其范围至为广阔，既不限于礼教，更有异于说教。吾人行事，何者应为，抉择之间端在一心，那便是道德价值的运用。悲天悯人，民胞物与的精神，也正是道德的高度表现。以拜伦而论，他的私人行为有许多地方诚然不足为训，但是他的作品却常有鼓舞人心向上的力量，也常有令人心脚开阔的妙处。他赞赏光荣的历史，他同情被压迫的人民，那一份激昂慷慨的精神，百余年之后仍然虎虎有生气，使得西敏寺的住持人不能不心回意转，终于奉献给他那一份积欠已久的敬意。在伟大作品照耀之下，作者私人生活的玷污终被淡忘，也许不是谅恕，这是不是英国人聪明的地方呢？我们中国人礼教的观念很强，以为一个人私德有亏，便一无是处，我们是不容易把人品和作品分开来的，而且"文人无行"的看法也是很普遍的，好像一个人一旦成为文人，其品行也就不堪闻问，甚至有些文人还有意地不肯敦品，以为不如此不能成其为文人。

文艺的题材是人生，所以文艺永远含有道德的意味；但是文艺的功用是不是以宣扬道德为最重要的一项呢？在西洋文学批评里，这是一个老问题。罗马的何瑞士采取一种折中的态度，以为文学一面供人欣赏，一面教训，所谓寓教训于欣赏。近代纯文学的观念则是倾向于排斥道德教训于文艺之外。我们中国的传统看法，把文艺看成为有用的东西，多少是从实用的观点出发，并不充分承认其本身价值。从孔子所说"诗可以兴，可以观，可以群，可以怨，迩之事父，远之事君，多识于鸟兽草木之名"起，以至于周敦颐所谓之"文以载道"，都是把文艺当做教育工具看待，换言之，就是强调文艺之教育的功能，当然也就是强调文艺之道德的意味。直到晚近，文艺本身价值才逐渐被人认识，但是开明如梁任公先生的《小说与群治之关系》，仍未尽脱传统的功利观念的范围。我国的戏剧文学未能充分发达的原因之一，便是因为社会传统过分重视戏剧之社会教育价值。劝忠说孝，没有人反对；旧日剧院舞台两边柱上都有惩恶奖善性质的对联，可惜的是编剧的人受了束缚，不能自由发展，而观众所能欣赏到的也只剩了歌腔身段。戏剧有社会教育的功能，但戏剧本身的价值却不尽在此。文艺与道德有密切的关系，但那关系是内在的，不是目的与手段之间的主从关系。我们可以利用戏剧而从事社会教育，例如破除迷信，扫除文盲，以至于促进卫生，保密防谍，都可以透过戏剧的方式把主张传播给大众。但是我们必须注意，这只是借用性质，借用就是借用，不是本来用途。

文艺作品里有情感，有思想，可是里面的思想往往是很难捉摸的，因为那思想与情感交织在一起，而且常是不自觉偶然流露出来的。文艺作家观察人生，处理他选定的题材，自有他独特的眼光，他不会拘于成见，他也不会唯他人之命是从，他不可能遗世独立，把文艺与道德完全隔离，亦不可能忘却他的严肃的"观察人生，并且观察人生全体"之神圣使命。

义愤

有一天我从马路上经过，看见壁上有一幅硕大无朋的宣传画，上面写着"我们要驱逐倭寇收回失地"，画的是一个倭兵，矮矮的身量，两腿如弓，身上全副披挂，脸上满是横肉，眼里冒着凶焰，嘴里露着獠齿，做狞笑状。他脚底下是一堆一堆的骷髅，他身背后是一堆一堆的瓦砾。他代表的是凶残、破坏、横暴、黑暗。这幅画的确画得不坏，因为它能活画出倭兵的一副穷凶极恶的气概。

过几天，我又从这里经过，我又回过头望望这幅壁画，情形稍为有点儿两样了。这画里的倭兵身上沾满了橘子瓣，脸上身上都沾满了橘子瓣。这些橘子，一经沾上，是不容落下来的。我略略查看，橘子瓣的块数，总不在百八十以下，而且大多数都很准确地命中了，想见投掷的技术很不坏的。

投橘子瓣的是些什么人呢？当然是我们的爱国的民众。他们为什么要这样做呢？当然是因为激于义愤。他们看见这幅画里的倭兵，就想起真的倭兵来了，于是义愤填膺，顿起杀贼之念，可巧四川的橘子既多且贱，可巧嘴里正嚼着一块橘子，于是忍无可忍，"呸"的一声将橘瓣吐在手里，"飕"的一声掷将过去，"啪"的一声不偏不倚地命中了倭兵的身上。一个人这样做，许多人起来仿行。顷刻而倭兵遍体疮痍，而我所费者仅为本来要吐在地上的百八十块橘瓣而已。

平心而论，这些义愤之士都是可钦佩的。他们是有良心的，他们是爱国的。从前我游西湖，看见岳坟前有不少人围绕着秦桧的铁像小便，大家争先恐后地向他身上浇冲，有些挤不进的便在很远的地方吐送一口黏痰过去。这件事虽与公共卫生有碍，然而也是一种义愤的表示。这都证明人心未死。

　　不过，我常想，假如我们把这种义愤积蓄起来，假如我们不亟亟地把橘瓣作为宣泄义愤的工具，假如我们能用一个更有效的方法使敌人感受一些真实的打击，那岂不是更好吗？

　　听说普法战后，法国的油画院中陈列着普兵屠害法人的画片，令法人有所警惕。这并非是"长他人的威风，灭自己的志气"，这是要锻炼磨砺人民的复仇心。听说那些画片上并没有橘子瓣或黏痰之类。

　　我们要驱逐倭寇，收回失地。那幅壁画是提醒我们这种意志的。戏台上的曹操，我们杀他做啥子？

懒

人没有不懒的。

大清早，尤其是在寒冬，被窝暖暖的，要想打个挺就起床，真不容易。荒鸡叫，由他叫。闹钟响，何妨按一下钮，在床上再赖上几分钟。白香山大概就是一个惯睡懒觉的人，他不讳言"日高睡足犹慵起，小阁重衾不怕寒"。他不仅懒，还馋，大言不惭地说："慵馋还自哂，快乐亦谁知？"白香山活了七十五岁，可是写了二千七百九十首诗，早晨睡睡懒觉，我们还有什么说的？

懒字从女，当初造字的人，好像是对于女性存有偏见。其实勤与懒与性别无关。历史人物中，疏懒成性者嵇康要算是一位。他自承："不涉经学，性复疏懒，筋驽肉缓，头面常一月十五日不洗，不大闷痒，不能沐也。每常小便，而忍不起，令胞中略转，乃起耳。"同时，他也是"卧喜晚起"之徒，而且"性复多虱，把搔无已"。他可以长期地不洗头、不洗脸、不洗澡，以至于浑身生虱！和扪虱而谈的王猛都是一时名士。白居易"经年不沐浴，尘垢满肌肤"，还不是由于懒？苏东坡好像也够邋遢的，他有"老来百事懒，身垢犹念浴"之句，懒到身上蒙垢的时候才做沐浴之想。女人似不至此，尚无因懒而昌言无隐引以自傲的。主持中馈的一向是女人，缝衣捣砧的也一向是女人。"早起三光，晚起三慌"是从前流行的女性自励语，所谓三光、三慌是指头上、脸上、脚上。从前的女人，夙兴夜寐，没有不患睡眠不足的，上上下下都要伺候周到，还要揪着公鸡的尾巴就起来，来照顾她自己的"妇容"。头要梳，脸要洗，脚要裹。所以朝晖未上就花朵盛开的牵牛花，别称为"勤娘子"，懒婆娘没有欣赏的份，大概她只能观赏昙花。时到如今，情形当然不同，我们放眼观察，所谓前进的新女性，哪一个不是生龙活虎一般，主内兼主外，集家事与职业于一身？世上如果真有所谓懒婆娘，我想其数目不会多于好吃懒做的男子汉。北平从前有一个流行的儿歌："头不梳，脸不洗，拿起尿盆儿就舀米"是夸张的讽刺。懒字从女，有一点冤枉。

凡是自安于懒的人，大抵有他或她的一套想法。可以推给别人做的事，何必自己做？可以拖到明天做的事，何必今天做？一推一拖，懒之能事尽矣。自以为偶然偷懒，无伤大雅。而且世事多变，往往变则通，在推拖之际，情势起了变化，可能一些棘手的问题会自然解决。"不需计较苦劳心，万事原来有命！"好像有时候馅饼是会从天上掉下来似的。这种打算只有一失，因为人生无常，如石火风灯，今天之后有明天，明天之后还有明天，可是谁也不知道自己还有没有明天。即使命不该绝，明天还有明天的事，事越积越多，越多越懒得去做。"虱多不痒，债多不愁"，那是自我解嘲！懒人做事，拖拖拉拉，到头来没有不丢三落四狼狈慌张的。你懒，别人也懒，一推再推，推来推去，其结果只有误事。

懒不是不可医，但须下手早，而且须从小处着手。这事需劳做父母的帮一把手。有一家三个孩子都贪睡懒觉，遇到假日还理直气壮地大睡，到时候母亲拿起晒衣服用的竹竿在三张小床上横扫，三个小把戏像鲤鱼打挺似的翻身而起。此后他们养成了早起的习惯，一直到大。父亲房里有份报纸，欢迎阅览，但是他有一个怪毛病，任谁看完报纸之后，必须折好叠好放还原处，否则他就大吼大叫。于是三个小把戏触类旁通，不但看完报纸立即还原，对于其他家中日用品也不敢随手乱放，小处不懒，大事也就容易勤快。

我自己是一个相当的懒的人，常走抵抗最小的路，虚掷不少光阴。"架上非无书，眼慵不能看"（白香山句）。等到知道用功的时候，徒惊岁晚而已。英国十八世纪的绥夫特，偕仆远行，路途泥泞，翌晨呼仆擦洗他的皮靴，仆有难色，他说："今天擦洗干净，明天还是要泥污。"绥夫特说："好，你今天不要吃早餐了。今天吃了，明天还是要吃。"唐朝的高僧百丈禅师，以"一日不作，一日不食"自励，每天都要劳动做农事，至老不休，有一天他的弟子们看不过，故意把他的农具藏了起来，使他无法工作，他于是真个的饿了自己一天没有进食，得道的方外的人都知道刻苦自律，清代画家石溪和尚在他一幅《溪山无尽图》上题了这样一段话，特别令人警惕：

> 大凡天地生人，宜清勤自持，不可懒惰。若当得个懒字，便是懒汉，终无用处。……残衲住牛首山房朝夕焚诵，稍余一刻，必登山选胜，一有所得，随笔作山水数幅或字一段，总之

不放闲过。所谓静生动，动必作出一番事业。端教一个人立于天地间无愧。若忽忽不知，懒而不觉，何异草木！

一株小小的含羞草，尚且不是完全的"忽忽不知，懒而不觉"！若是人而不如小草，羞！羞！羞！

旧

"我爱一切旧的东西——老朋友，旧时代，旧习惯，古书，陈酿；而且我相信，陶乐赛，你一定也承认我一向是很喜欢一位老妻。"这是高尔斯密的名剧《委曲求全》（She Stoops to Conquer）中那位守旧的老头儿哈德卡索先生说的话。他的夫人陶乐赛听了这句话，心里有一点高兴，这风流的老头子还是喜欢她，但是也不是没有一点愠意，因为这一句话的后半段说穿了她的老。这句话的前半段没有毛病，他个人有此癖好，干别人什么事？而且事实上有很多人颇具同感，也觉一切东西都是旧的好，除了朋友、时代、习惯、书、酒之外，有数不尽的事物都是越老越古越旧越陈越好。所以有人把这半句名言用花体正楷字母抄了下来，装在玻璃框里，挂在墙上，那意思好像是在向喜欢除旧布新的人挑战。

俗语说："人不如故，衣不如新。"其实，衣着这类还是旧的舒适。新装上身之后，东也不敢坐，西也不敢靠，战战兢兢。我看见过有人全神贯注在他的新西装裤管上的那一条直线，坐下之后第一桩事便是用手在膝盖处提动几下，生恐膝部把他的笔直的裤管撑得变成了口袋。人生至此，还有什么趣味可说！看见过爱因斯坦的小照么？他总是披着那一件敞着领口胸怀的松松大大的破夹克，上面少不了烟灰烧出的小洞，更不会没有一片片的汗斑油渍，但是他在这件破旧衣裳遮盖之下优哉游哉地神游于太虚之表。《世说新语》记载着："桓车骑不好着新衣，浴后妇故进新衣与，车骑大怒，催使持去，妇更持还，传语云，'衣不经新，何由得故？'桓公大笑着之。"桓冲真是好说话，他应该说："有旧衣可着，何用新为？"也许他是为了保持阃内安宁，所以才一笑置之。"杀头而便冠"的事情我还没有见过；但是"削足而适履"的行为，则颇多类似的例证。一般人穿的鞋，其制作设计很少有顾到一只脚是有五个指头的，穿这样的鞋虽然无须"削"足，但是我敢说五个脚趾绝对缺乏生存空间。有人硬是觉得，新鞋不好穿，敝屣不可弃。

"新屋落成"金圣叹列为"不亦快哉"之一，快哉尽管快哉，随后那"树小墙新"的一段暴发气象却是令人难堪。"欲存老盖千年意，为觅霜根数寸栽"，但是需要等待多久！一栋建筑要等到相当破旧，才能有"树林阴翳，鸟声上下"之趣，才能有"苔痕上阶绿，草色入帘青"之乐。西洋的庭园，不时地要剪草，要修树，要打扮得新鲜耀眼，我们的园艺的标准显然地有些不同，即使是帝王之家的园囿也要在亭阁楼台画栋雕梁之外安排一个"濠濮间"、"谐趣园"，表示一点点陈旧古老的萧瑟之气。至于讲学的上庠，要是墙上没有多年蔓生的常春藤，基脚上没有远年积留的苔藓，那还能算是第一流么？

旧的事物之所以可爱，往往是因为它有内容，能唤起人的回忆。例如，阳历尽管是我们正式采用的历法，在民间则阴历仍不能废，每年要过两个新年，而且只有在旧年才肯"新桃换旧符"。明知地处亚热带，仍然未能免俗要烟熏火燎地制造常常带有尸味的腊肉。

端午节的龙舟粽子是不可少的，有几个人想到那"露才扬己怨怼沉江"的屈大夫？还不是旧俗相因虚应故事？中秋赏月，重九登高，永远一年一度地引起人们的不可磨灭的兴味。甚至腊八的那一锅粥，都有人难以忘怀。至于供个人赏玩的东西，当然是越旧越有意义。一把宜兴砂壶，上面有陈曼生制铭镌句，纵然破旧，气味自然高雅。"樗蒲锦背元人画，金粟笺装宋版书"，更是足以使人超然远举，与古人游。我有古钱一枚，"临安府行用，准参百文省"，把玩之余不能不联想到南渡诸公之观赏西湖歌舞。我有胡桃一对，祖父常常放在手里揉动，嘎咯嘎咯地作响，后来又在我父亲手里揉动，也嘎咯嘎咯地响了几十年，圆滑红润，有如玉髓，真是先人手泽，现在轮到我手里嘎咯嘎咯地响了，好几次险些儿被我的儿孙辈敲碎取出桃仁来吃！每一个破落户都可以拿出几件旧东西来，这是不足为奇的事。国家亦然。多少衰败的古国都有不少的古物，可以令人惊羡、欣赏、感慨、歆羡！

旧的东西之可留恋的地方固然很多，人生之应该日新又新的地方亦复不少。对于旧日的曲章文物我们尽管欢喜赞叹，可是我们不能永远盘桓在美好的记忆境界里，我们还是要回到这个现实的地面上来。在博物馆里我们面对商周的吉金，宋元明的书画瓷器，可是溜酸双腿走出门外便立刻要面对挤死人的公共汽车，丑恶的市招和各种饮料一律通用的玻璃杯！

旧的东西大抵可爱，惟旧病不可复发。诸如夜郎自大的脾气，奴隶制度的残余，懒惰自私的恶习，蝇营狗苟的丑态，畸形病态的审美观念，以及罄竹难书的诸般病症，皆以早去为宜。旧病才去，可能新病又来，然而总比旧疴新恙一时并发要好一些。最可怕的是，倡言守旧，其实只是迷恋骸骨；惟新是骛，其实只是摭拾皮毛，那便是新旧之间两俱失之了。

雪

李白句："燕山雪华大如席"。这话靠不住，诗人夸张，犹"白发三千丈"之类。据科学的报导，雪花的结成视当时当地的气温状况而异，最大者直径三至四吋。大如席，岂不一片雪花就可以把整个人盖住？雪，是越下得大越好，只要是不成灾。雨雪霏霏，像空中撒盐，像柳絮飞舞，缓缓然下，真是有趣，没有人不喜欢。有人喜雨，有人苦雨，不曾听说谁厌恶雪。

但雪虐风号之际，饥寒交迫，就许一口气上不来，焉有闲情逸致去细数"一片一片又一片……飞入梅花都不见"？晋王子猷居山阴，夜雪初霁，月色清朗，忽然想起远在剡的朋友戴安道，即便夜乘小舟就之，经宿方至，造门不前而返。假如没有那一场大雪，他固然不会发此奇兴，假如他自己饘粥不继，他也不会风雅到夜乘小船去空走一遭。至于谢安石一门风雅，寒雪之日与儿女吟诗，更是富贵人家事。

一片雪花含有无数的结晶，一粒结晶又有好多好多的面，每个面都反射着光，所以雪才显着那样的洁白。我年轻时候听说从前有烹雪论茗的故事，一时好奇，便到院里就新降的积雪掬起表面的一层，放在瓶里融成水，煮沸，走七步，用小宜兴壶，沏大红袍，倒在小茶盅里，细细品啜之，举起喝干了的杯子就鼻端猛嗅三两下我一点也不觉得两腋生风，反而觉得舌本闲强。我再检视那剩余的雪水，好像有用矾打的必要！空气污染，雪亦不能保持其清白。有一年，我在汴洛道上行役，途中车坏，时值大雪，前不巴村后不着店，饥肠辘辘，

雪的可爱处在于它的广被大地，覆盖一切，没有差别。冬夜拥被而眠，觉寒气袭人，蜷缩不敢动，凌晨张开眼皮，窗棂窗帘隙处有强光闪映大异往日，起来推窗一看，——啊！白茫茫一片银世界。竹枝松叶顶着一堆堆的白雪，权芽老树也都镶了银边。朱门与蓬户同样的蒙受它的沾被，雕栏玉砌与瓮牖桑枢没有差别待遇。地面上的坑穴洼溜，冰面上的枯枝断梗，路面上的残刍败屑，全都罩在天公抛下的一件鹤氅之下。雪就是这样的大公无私，装点了美好的事物，也遮掩了一切的芜秽，虽然不能遮掩太久。

雪最有益于人之处是在农事方面，我们靠天吃饭，自古以来就看上天的脸色，"天上同云，雨雪雰雰。……既沾既足，生我百般。"俗语所说"瑞雪兆丰年"，即今冬积雪，明年将丰之谓。不必"天大雪，至于牛目"，盈尺就可成为足够的宿泽。我自己也有过一点类似的经验，堂前有芍药两栏，书房檐下有玉簪一畦，冬日几场大雪扫积起来，堆在花栏花圃上面，不但可以使花根保暖，而且来春雪融成了天然的润溉，大地回苏的时候果然新苗怒发，长得十分苗壮，花团锦簇。我当时觉得比堆雪人更有意义。

据说有一位枭雄吟过一首咏雪的诗："黄狗身上白，白狗身上肿，出门一啊喝，天下大一统。"俗话说"官大好吟诗"，何况一位枭雄在夤缘际会踌躇满志的时候？这首诗不是没有一点巧思，只是趣味

粗犷得可笑，这大概和出身与气质有关。我们这位枭雄的咏雪，应该算是很出色的一首歪诗。

乃就路边草棚买食，主人馈我以挂面，我大喜过望。但是煮面无水，主人取洗脸盆，舀路旁积雪，以混沌沌的雪水下面。虽说饥者易为食，这样的清汤挂面也不是顶容易下咽的。从此我对于雪，觉得只可远观，不可亵玩。苏武饥吞毡渴饮雪，那另当别论。

领带

林语堂先生长南洋大学，虽为时甚短，有两事却为某些人津津乐道。一是他不赞成打领结，并且身体力行，经常敞着领子，一副萧散的样子。另一是主张教室里不妨吸烟，教授可以嘴里叼着烟斗，学生也可以喷云吐雾，在烟雾弥漫之中传道授业。

有些国家的大学里，学生的服装甚不整齐，有件衬衫，加件夹克，就可以跻身黉舍，堂皇地出入。但是教授一定要维持相当的体面，他的一套服装可以破旧邋遢，他颈间系着的领带绝不可少，那是教授的标志。你看见一位中年以上的夹着书包而系着领带的人施施然直趋教室，不必问即可知道他八成是个教授。也有些偷懒的教师，尤其是夏季，嫌打领结太麻烦，用一根绳子似的东西往颈上一套，上面系着一块石头什么的东西，权且充为领结了，即所谓 bolo tie。

在国外，打领带西装笔挺的传统，大概由两种人在维持。银行行员与大公司行号应对顾客的职员，他们永远是浑身上下一套西服，光光溜溜一尘不染，系着一条颜色深沉并不耀眼的领带。如果他不修边幅，蓬着头发敞着胸口，谁愿意和他做交易？打上领结就可以增几分令人愉快而且可以令人信赖的感觉。殡仪馆的执事们，为了配合肃穆的气氛，也没有不打领带的。

自从我们这里发生一件儿子勒死爸爸的案子之后，即有人一见领带就发毛。大家都梳辫子的时候，和人打架动手过招，最忌被对方揪住小辫儿，因为辫子被人揪住，就不能自由转动脑袋，势必被人扯得前仰后合，终于落败。那儿子勒死爸爸，只为了讨五十元零用钱未遂，未必蓄意置人于死，可是领结是个活套，越拉越紧，老人家的细细脖子怎么禁得起，一时缺氧，遂成千古。领带比辫子危险能致人命。如果不系领带，可能逃过一厄。

系领带也没有什么大不好，只是麻烦些。每天早起盥洗刮脸固定的一套仪式已经够烦，还要在许多条五颜六色的领带中间选择一条出来，打在颈上可能一端长一端短，还须重新再打，打好之后，披上衣服，对镜一照，可能颜色图案与内衣外服都不调和，还须拆了再打。往复折腾两次，不由得人要冒火。其实这个问题容易解决，曾听高人指点：衣装花哨则领带要素，衣装朴素则领带不妨鲜明。懂得这个原则，自由斟酌，无往不利。当然，领带的色彩图案，千奇百怪，总之是要和人的身份相称，也要顾到时地是否相宜。二十多年前有人自海外来，送我一条领带，黄色的，纯黄色的，黄到不能再黄，我一直找不到适当时机佩戴它，烂在箱底，也许过马路斑马线的时候系这领带格外醒目。

人的服装，于御寒之外，本来有求美观的因素在内。男人的西装在色彩方面总嫌单调，系上一条悦目而不骇人的领带也不能算是过分。雄狮有一头蓬散的鬣毛，老虎豹有满身的斑纹斑点，人呢？一脸络腮胡子是非常惹人厌的。无可奈何，在脖子上系一条色彩分明的领带，虽说迹近招摇，但是用心良苦。至于说领带系颈，使胸口免受风寒，预防感冒，也许是实情，也许是遁词吧。

领带的起源，其说不一。或谓起源于法国皇帝路易十四时代克罗埃西亚佣兵之颈上的装饰性的领结，即所谓 cravat，贵族群起仿效，大革命之后消失了一阵子，但是十九世纪初期又复盛行，拜伦的飞扬潇洒的领巾是有名的。一八一八年出版过一本书《领带大全》(Neckclothiana)，历数二十多种领带之不同的打法。领带的考证没有什么重要，但是领带之不时地变换式样却是很讨厌的。时而细细长长，时而宽宽大大，造成所谓的时髦。情愿被时髦牵着鼻子走的人实在很多。真正从中获益的是制造领带的厂商。

同乡

从前交通险阻，外出旅行是一件苦事。离乡背井，举目无亲，有无限的凄凉。所以，在水上漂泊的时候，百无聊赖，忽然听得有人在说自己的家乡话，一时抑不住心头的欢喜，会不揣冒昧地去搭讪，像崔颢《长干行》所说的：

停暂借相问，或恐是同乡。

说同一方言的人才是同乡，乡音是同乡之间最强有力的联系。

科举的时代，北平有所谓会馆者，尤其是宣武门外一带外省人士汇集的地区，会馆林立。进京赶考的人，泰半就在会馆挂单，饮食住宿都有了着落，而且有老乡照料，自然亲切。会馆是前辈乡贤所捐助设立的，确有其需要。后来科举废除，社会形态改变，会馆就渐渐消失了。有名的江西会馆，规模宏大，常是堂会戏上演的地方。我知道宣武门外北椿树胡同有一所很逼仄的徽州绩溪会馆，一度掌管事务的人却是胡适之先生。胡先生的同乡观念十分浓厚，他家里常有一群群的徽州老乡用没别人能懂的徽州方言和他话旧。就是他来到台湾以后，我有一次到南港拜访，座上先有一位客人是老胡开文笔墨店的后人。在上海时，胡先生曾邀几个朋友到二马路一家徽州菜馆小叙，刚一上楼就听见楼下一声吼叫，胡先生问："楼下账房先生方才吼叫的话，你们懂吗？他喊的是：'绩溪老倌，多加油啊！'在炒菜锅里额外加一勺油，表示优待同乡。我们家乡贫苦，平素是很少油吃。"随后端上来一盘划水鱼、一盘生炒蝴蝶面，果然油水不少，油漾到盘外。

我生长北平，说的是北平话，因此无需学习国语，附带着也没学习注音符号，一直到现在，ㄅㄆㄇㄈ还搞不太清楚。在清华读书的时候，每年全国本部十八省考选学生入学，各说各省的方言，无形之中各省的学生自成一个小组。唯独直隶省同乡最为散漫，我所认识的同乡，大部分是天津人，真正的北平同乡只有两个，可是，我不久就发现其中一位原来是满洲人，另一位是蒙古人。我的原籍是浙江，曾经正式向京兆大兴县公署申请入籍，承蒙批准在案。其实凡是会说地道北平话的人都可算是北平人。自从五胡乱华以来，北方民族混杂，北平又是几代为首都，人文荟萃，籍贯问题时常无从说起。能说国语的都是我们的同乡，因此我的同乡观念比较稀薄。在清华有一位同班同学，是中等科唯一的厦门人，他只会说厦门话，在高等科还有一位厦门人，偶然过来陪他聊聊天。他在学校里就像是单独拘禁，不堪寂寞，不久他就疯了。我了解，对于某些人同乡观念之难于消除是有理由的。

在异地遇同乡，是有一种不可抑制的喜悦。前年喜乐先生伉俪遇我，谈笑间才知道是北平同乡。我问：

"您在北平住在哪儿？"

"黄土坑儿。"

"什锦花园儿，对不对？"

"对。您呢？"

"内务部街。"

"灯市口儿，对不对？"

越说越对，于是谈起关于北平的陈谷子烂芝麻，一说就没个完，好像是又回到家乡里一趟。我在台北坐计程车，只有一次发现司机是北平人；不，是司机先发现我是北平人。我告诉他我要到什么地方，详加解释。他回过头频频看我，说：

"您是北平人吧？"

"是呀。"

"在北平住哪儿？"

"东四牌楼南边儿。"

"啊，我住北新桥儿，咱们住得很近嘛……"

于是，一路谈下去，不觉的到了目的地。我说："零钱别找啦。"他望着我下车。许久许久才开车而去。

任何一个机关首长到任，总是要吸引几个同乡分担要职。人情之常，贤者不免。司印的、掌财的、管总务的都很重要，你难道要他放手交给陌生的不知底细的人去充当？无论如何，同乡总不至于像舅爷、连襟之类的裙带关系那样容易不理于人口。不过像美国卡特当政时，乔治亚帮之鸡犬升天，丑闻迭出，则又另当别论。大凡任何一个机关，若被人讥为会馆，总是不好看的。

　　林琴南《畏庐琐记》："闽人喜操土音，每燕集，一遇乡人，即喋喋不已。然他省人无一能解者，故恶闽人刺骨。实则闽音有与古音通者。今略举数条，如……"闽音之与古音通，是众所周知的，但是古音非今人所能尽通，故闽语之流行仍被视为现今方言之一种。林琴南先生所谓他省人恶闽人刺骨，我想他省人不是不知闽音常与古音通，也不是恶闽人之操闽语，只是因为自己听不懂而困扰、而烦恼、而猜疑、而愤怒。我知道从前某一机关有两位谊属同乡的干部，他们时常交头接耳呶呶不休，所操土音无人能解，于是引人注意，疑其所谈必与苞苴有关，其中必定有弊，人言可畏，结果是双双去职。大抵在第三者面前二人以土音土语交谈，至少是不智而且不礼貌的行为。

学问与趣味

　　前辈的学者常以学问的趣味启迪后生，因为他们自己实在是得到了学问的趣味，故不惜现身说法，诱导后学，使他们在愉快的心情之下走进学问的大门。例如，梁任公先生就说过："我是个主张趣味主义的人，倘若用化学化分'梁启超'这件东西，把里头所含一种元素名叫'趣味'的抽出来，只怕所剩下的仅有个零了。"任公先生注重趣味，学问甚是渊博，而并不存有任何外在的动机，只是"无所为而为"，故能有他那样的成就。一个人在学问上果能感觉到趣味，有时真会像是着了魔一般，真能废寝忘食，真能不知老之将至，苦苦钻研，锲而不舍，在学问上焉能不有收获？不过我尝想，以任公先生而论，他后期的著述如历史研究法，先秦政治思想史，以及有关墨子佛学陶渊明的作品，都可说是他的一点"趣味"在驱使着他，可是他在年轻的时候，从师受业，诵读典籍，那时节也全然是趣味么？做八股文，做试帖诗，莫非也是趣味么？我想未必。大概趣味云云，是指年长之后自动做学问之时而言，在年轻时候为学问打根底之际恐怕不能过分重视趣味。学问没有根底，趣味也很难滋生。任公先生的学问之所以那样的博大精深，涉笔成趣，左右逢源，不能不说一大部分得力于他的学问根底之打得坚固。

　　我曾见许多年轻的朋友，聪明用功，成绩优异，而语文程度不足以达意，甚至写一封信亦难得通顺，问其故则曰其兴趣不在语文方面。又有一些位，执笔为文，斐然可诵，而视数理科目如仇雠，勉强才能及格，问其故则亦曰其兴趣不在数理方面，而且他们觉得某些科目没有趣味，便撇在一边视如敝屣，怡然自得，振振有词，略无愧色，好像这就是发扬趣味主义。殊不知天下没有没有趣味的学问，端视吾人如何发掘其趣味，如果在良师指导之下按部就班地循序而进，一步一步地发现新天地，当然乐在其中，如果浅尝辄止，甚至躐等躁进，当然味同嚼蜡，自讨没趣。一个有中上天资的人，对于普通的基本的文理科目，都同样的有学习的能力，绝不会本能地长于此而拙于彼。只有懒惰与任性，才能使一个人自甘暴弃地在"趣味"的掩护之下败退。

由小学到中学，所修习的无非是一些普通的基本知识。就是大学四年，所授课业也还是相当粗浅的学识。世人常称大学为"最高学府"，这名称易滋误解，好像过此以上即无学问可言。大学的研究所才是初步研究学问的所在，在这里做学问也只能算是粗涉藩篱，注重的是研究学问的方法与实习。学无止境，一生的时间都嫌太短，所以古人皓首穷经，头发白了还是在继续研究，不过在这样的研究中确是有浓厚的趣味。

在初学的阶段，由小学至大学，我们与其倡言趣味，不如偏重纪律。一个合理编列的课程表，犹如一个营养均衡的食谱，里面各个项目都是有益而必需的，不可偏废，不可再有选择。所谓选修科目也只是在某一项目范围内略有拣选余地而已。一个受过良好教育的人，犹如一个科班出身的戏剧演员，在坐科的时候他是要服从严格纪律的，唱工做工武把子都要认真学习，各种角色的戏都要完全谙通，学成之后才能各按其趣味而单独发展其所长。学问要有根底，根底要打得平正坚实，以后永远受用。初学阶段的科目之最重要的莫过于语文与数学。语文是阅读达意的工具，国文不通便很难表达自己，外国文不通便很难吸取外来的新知。数学是思想条理之最好的训练。其他科目也各有各的用处，其重要性很难强分轩轾，例如体育，从另一方面看也是重要得无以复加。总之，我们在求学时代，应该暂且把趣味放在一边，耐着性子接受教育的纪律，把自己锻炼成为坚实的材料。学问的趣味，留在将来慢慢享受一点也不迟。

养成好习惯

人的天性大致是差不多的，但是在习惯方面却各有不同，习惯是慢慢养成的，在幼小的时候最容易养成，一旦养成之后，要想改变过来却还不很容易。

例如说：清晨早起是一个好习惯，这也要从小时候养成，很多人从小就贪睡懒觉，一遇假日便要睡到日上三竿还高卧不起，平时也是不肯早起，往往蓬头垢面地就往学校跑，结果还是迟到，这样的人长大了之后也常是不知振作，多半不能有什么成就。祖逖闻鸡起舞，那才是志士奋励的榜样。

我们中国人最重礼，因为礼是行为的规范。礼要从家庭里做起。姑举一例：为子弟者"出必告，反必面"，这一点点对长辈的起码的礼，我们是否已经每日做到了呢？我看见有些个孩子们早晨起来对父母视若无睹，晚上回到家来如入无人之境，遇到长辈常常横眉冷目，不屑搭讪。这样的跋扈乖戾之气如果不早早地纠正过来，将来长大到社会服务，必将处处引起摩擦不受欢迎。我们不仅对长辈要恭敬有礼，对任何人都应该维持相当的礼貌。

大声讲话，扰及他人的宁静，是一种不好的习惯。我们试自检讨一番，在别人读书工作的时候是否有过喧哗的行为？我们要随时随地为别人着想，维持公共的秩序，顾虑他人的利益，不可放纵自己，在公共场所人多的地方，要知道依次排队，不可争先恐后地去乱挤。

时间即是生命。我们的生命是一分一秒地在消耗着，我们平常不大觉得，细想起来实在值得警惕。我们每天有许多的零碎时间于不知不觉中浪费掉了。我们若能养成一种利用闲暇的习惯，一遇空闲，无论其为多么短暂，都利用之做一点有益身心之事，则积少成多终必有成。常听人讲起"消遣"二字，最是要不得，好像是时间太多无法打发的样子，其实人生短促极了，哪里会有多余的时间待人"消遣"？陆放翁有句云："待饭未来还读书。"我知道有人就经常利用这"待饭未来"的时间读了不少的大书。古人所谓"三上之功"，枕上、马上、厕上，虽不足为训，其用意是在劝人不要浪费光阴。

吃苦耐劳是我们这个民族的标志。古圣先贤总是教训我们要能过得俭朴的生活，所谓"一箪食，一瓢饮"，就是形容生活状态之极端的刻苦，所谓"嚼得菜根"，就是表示一个有志的人之能耐得清寒。恶衣恶食，不足为耻，丰衣足食，不足为荣，这在个人之修养上是应有的认识。罗马帝国盛时的一位皇帝，Marcus Aurelius，他从小就摒绝一切享受，从来不参观那时风靡全国的赛车比武之类的娱乐，终其身成为一位严肃的苦修派的哲学家，而且也建立了不朽的事功。这是很值得令人钦佩的。我们中国是一个穷的国家，所以我们更应该体念艰难，弃绝一切奢侈，尤其是从外国来的奢侈。宜从小就养成俭朴的习惯，更要知道物力维艰，竹头木屑，皆宜爱惜。

以上数端不过是偶然拈来，好的习惯千头万绪，"勿以善小而不为"。习惯养成之后，便毫无勉强，临事心平气和，顺理成章。充满良好习惯的生活，才是合于"自然"的生活。

由一位厨师自杀谈起

两年前的一期《新闻周刊》（一九六六年十月廿四日出版）有一段有趣的记载，译述如下：

从前罗马有一位厨师，名阿皮舍斯，以善制肉羹著名，他开设的烹饪班生意不大如理想，愤而自杀。给法王路易十四供奉御膳的大司务，名瓦台尔，在王家大张筵席的时候第一道菜未能按时端出来，羞愧难当，伏剑而死。法国还有一位著名的烹调大师，名拉吉皮埃，在拿破仑从莫斯科班师的时候，宁可冻死途中也不放弃他的厨师的位置。上星期巴黎又有一位厨师加入了这一凄惨的集团：据说三十八岁的阿兰·齐克，因为他开设的饭店被权威刊物《米舍兰向导》降级，失望自杀了。

这个饭店便是坐落在雷伯龙大街的 Relais de Porquerolles 饭店，在这一年以前一直是属于两颗星的（烹调极佳，值得一顾）海味食品店，拿手的是鱼羹。罗斯福总统夫人最喜爱这个饭店，其他显赫顾客包括贝尔蒙多与温莎公爵。

三年前，齐克的父母退休，把店务交给了他和他的弟弟勒米。以后数月，有些顾客感觉到那绝妙的带有番红花香味的鱼羹有些退步。于是去年三月悲剧就发生了。《米舍兰向导》照例把入选的饭店分为两大类，普通饭店与杰出饭店，最近一期不仅把这一家的两颗星取消，而且根本未予著录。那一晚，这饭店里的气氛异常沉闷。"这太令人难堪了，"勒米对向他致慰的顾客们说，"我的父母于一九三五年创设这个饭店。一切都没有改变。我不了解。"

阿兰是父亲退休以后的首席厨师，觉得这两颗星的丧失给他的打击很重。"我觉得有一点像是一位将军被撤销了官阶，"有一次他对一位朋友说："这是不公道。"情形一天天地严重起来了。阿兰开始砰砰地关厨房门，有了自言自语的习惯。别的向导书对这家饭店还是备加赞扬（例如颇有影响力的《儒利亚向导》就说这一家的烹调之优美一如往昔），但是不能使这位厨师振作起来。终于，九月二十二日黎明之前，就在饭店楼上的住室里，阿兰举枪自射心窝而死。上星期消息传出，《米舍兰向导》未加评论，但是勒米惨痛地说："我的哥哥自杀，是因为米舍兰撤销了我们的两颗星。"

芸芸众生当中，有一个人自杀，好像没有什么了不起。何况，自杀的是一个法国人，并且是两年前的事情，自杀的人又不过是一位在饭店里掌勺的大司务？不，人命关天，蝼蚁尚且贪生，若没有真正过不去的事情，一个人何至于自寻短见？这一位厨师的死，还是值得我们想一想，谈一谈。

自杀不是一件好事，不宜鼓励赞扬；若说自杀是弱者的行为，我也不敢同意。那毅然决然的自戕行为，很需要一些常人所难有的勇气。齐克先生之所以有那样大的勇气，是因为他以为受了太大的委屈，生不如死。首先我们要了解，《米舍兰向导》是一份权威刊物，两颗星的撤销是否冤枉，我们没有尝过那鱼羹无法论断，但是这刊物平素态度谨严是可以令人置信的。被这刊物一加品题，辄能身价百倍，反之，一加贬抑，便觉脸上无光。商人重利，是理所当然，两颗星的撤销可能影响营业，不过有时候一个人于利害之外还要顾到名誉，甚至于把名誉放在利害之上。

齐克的自杀便是重视名誉的结果。现代西方人，包括法国人在内，多少还继承了历史传留下来的"荣誉观念"，凡事一涉及荣誉便要拼命去争，无法争论便往往讲究自决，以为荣誉受损便无颜再留驻于天地之间。厨师的职业，也许有人以为不算怎么高尚，但是实在讲，职业无分高下，厨师为人解决吃的问题，烹饪为艺术为科学，他自然也应该有他的荣誉感。尤其是，任何人都应该有"敬业"的精神，力求上进，在自己岗位上把工作做好，不能受到赞扬便等于是受到耻辱。齐克先生肯自杀，比起世上"笑骂由人笑骂"的那种人，不知高出多少了。比起企图用不正当手段笼络评审人员的那种人，亦不知高出多少了。他没有抗议，他没有辩白，他用毁灭自己的方法湔洗他的耻辱，其人虽微，其事虽小，其性质却依稀近似"无面目见江东父老"那样的悲壮！

附带着谈谈烹饪的艺术。"庖丁解牛，进乎技矣"，烹饪而称之为艺术，当然不仅是指一般在案前操动刀俎或是在灶前掌勺的技巧而言。艺术家皆有个性，皆有其独到之处。鱼羹何处无之，若能赢得米舍兰的两颗星，事情就不简单，不是任何人按照其制法便可如法炮制的，必定在选材上有考究，刀法上有考究，然后火力的强弱，时间的久暂，作料的配搭，咸淡的酌量，都能融会贯通，得心应手。一盆菜肴端上桌，看看，闻闻，尝尝，如果不同凡响，就不能不令人想到厨房里的那位庖丁。看一幅画，于欣赏其布局色彩线条之外，不能不意会到画家的胸襟境界。同样地，品尝一味烹调的杰作，也自会想到庖丁之匠心独运。我们中国的烹饪亦然。从前一个饭馆只有三两样拿手菜，确实做到无懈可击的地步，而且不虞人仿制，因为如果可以仿制得来，那就不成其为艺术。师傅可以把手艺传给徒弟，但是可传授的是知识，是技术，最高的一点奥妙要靠自己心领神会。一个师傅收不少徒弟，能得衣钵真传的难得一二。一个饭馆享誉一时的名菜，往往二三十年之后便成了广陵散，原因是光景未改人事已非。所以齐克先生令尊大人退休，由他继续经营饭店，可能规模犹在，可能鱼羹的制法未改，主厨一换，那一点点艺术手段的拂拭可能也有了走样的地方，庸俗的顾客尽管不能觉察，怎么逃得掉《米舍兰向导》的评审诸公的品味？这样一说，那两颗星的撤销也许是不冤枉。

虐待动物

一八二四年英国人成立了一个"防止虐待动物协会"。四十二年后美国也成立了这样的一个协会，目前美国约有六百个这样的组织。全世界现在都有类似的会社。其宗旨是防止有意地把不必要的痛苦加在动物身上。霭然仁者之所用心，泽及禽兽。香港禁止鸡鸭贩子把几只鸡鸭系在一起倒挂在脚踏车的把手上，或是把过多的鸡鸭塞在小小的笼子里，那意思是要那些扁毛畜牲在那最后血光之灾以前能活得舒适一点，不能不说是菩萨心肠。我看见过广州的菜市里的鱼贩，指着盆里二尺来长的一条活鱼问你要买哪一块，你说要背上那一块，他便嗖地抽出一把牛耳尖刀，在鱼背上血淋淋地切下一块给你，那条缺了半个背的鱼依旧还放到水盆里去，等到别的主顾来再零刀碎剐。许多地方的市场里，卖鱼的都是不先开膛就生批逆鳞，只见鳞片乱飞，鱼不住地打挺。卖田鸡的更绝，刷地一下子把整张的皮剥下来，剥出白生生的田鸡乱蹦乱跳。站在旁边看着都心惊胆战。

我小时候，家里有两辆轿车，其中一辆交由小张驾驭，骡子的草料及一应给养都由他包办。小张深谙官场习惯，经手三分肥，克扣草料。骡子吃不饱，就跑不动，瘦骨嶙峋的，真正的是驽骞之乘，但是到了通衢大道之上又非腾骧一阵不可，小张就从袖里取出一把锥子，仿照苏秦引锥刺股的故事，在骡子的臀部上猛攮一下，骡子一惊，飞驰而前，鲜血顺着大腿滴流而下。这事不久就被发现，小张当然也立即另寻高就去了。我从小就很诧异一个人心肠何以硬得这样可怕，但是当时以为世界上仅有小张一个人是这样的狠。

一个人不可以有意地把"不必要的"痛苦加在动物身上，想来"必要的"痛苦则不在此限。北平烤鸭是中外驰名的美味，它的制法特殊——这是濒临运河的通州人的拿手，用特备的拌好的食粮搓成一根根的橛子，比香肠还要粗长一些，劈开鸭子的嘴巴硬往里塞，然后用手顺着鸭脖往下一捋，再塞一根，再捋一下。接连七八根塞下去了，鸭子连叫唤的力气都没有了，只剩下奄奄一息。这时候不能放它回到河里去，要丢到特建的一间小屋里，百八十只挤在里面绝对没有动弹的余地，只喝水，只准养尊处优地在里面安息，慢慢地蹲膘。每天这样饱餐两次，过个把月便可出而问世，在闷炉里一吊，香、肥、脆、嫩，此之谓"填鸭"。这过程颇为痛苦，可是有此必要，否则饕餮之士便无法大快朵颐。现在回想起来，小张椎攘骤臀，也不是没有必要，因为不如此他无法一面克扣粮食一面交代差事。为了自私的享受而不惜制造痛苦，这只是显示人性之恶的一面，"必要"云乎哉。

最残酷的事莫过于屠杀。所以说："仁者不杀。"真要不使动物不受不必要的痛苦，则人曷不蔬食，在植物方面寻求蛋白质。半世纪前我参观过芝加哥的屠宰场，千百头的牛猪羊，不是头上捶一钉，便是胸口挨一刀，不大工夫而拔毛剥皮去骨切块之事毕，如今技术当更进步。那么多的生命毁于一旦，实在惊心动魄。我最不能了解的是：人类文明演进，何以如今还有人自命绅士而返回到渔猎时代？兔、狐、鹿、凫雁、野猪、鱼鳖，无害于人，而如莲池大师所谓："网于山，罟于渊，多方掩取，曲而钩，直而矢，百计搜罗？"可笑的是：枪杀禽兽，电毙鳞鱼，挟科学利器屠害生灵，恃强凌弱，而得意扬扬。禽兽放在动物园里，等于是无期徒刑，比死刑稍次一等。有些动物学家说，不要以为栏里的动物如处囹圄，实际是它在栏后饶有安全之感，觉得你在栏外不会骚扰到它。我看见过巨熊在栏里晃来晃去，它还是想出来。又有人说，狩猎是必需的，因为动物没有家庭计划，繁殖得太快，食物供给不足，将有饿死之虞。假使你的邻人一家食指浩繁，无以为生，你是不是也可以走过去杀掉他的三男两女以减少他的负担？

动物含义甚广，应该把人类也包括进去。防止虐待动物，曷不亲亲而仁仁，先从防止虐待人类始？有时候人虐待人，无所不用其极，我们古时刑法就有许多是不必要的令人痛苦。《周礼·秋官·五刑之法》："墨罪五百，劓罪五百，宫罪五百，刖罪五百，杀罪五百。"究竟还是明文规定的法则，像纣所作的炮烙之刑，是以酷刑兼为取乐之资。肥胖的董卓死后，守尸的人在他肚脐里面插上灯捻，点燃起来，光照数日，幸而这是死后，生前若是落在人手里必定有更难堪的处置。外国人的残虐，也不让人。加尔各答的威廉堡有一间小室，十八尺宽，十四尺长，仅有两个小窗，东印度公司的守军一百四十六人被叛军禁闭在里面，一夜之间渴热难当，仅有二十三人幸免于死，时在一七五六年六月，是历史上有名的所谓"黑洞"事件。

　　没有什么事情比战争更残酷更不必要，偏偏有那么许多人好战，所求不遂，便挥动干戈，使得爱和平的也不能不起来自卫。约翰孙博士有一篇文章（《闲游者》第二十二期）借兀鹰的对话写人类的愚蠢，人类是唯一的一种动物大规模地互相残杀并不把对方的肉吃下去，只是抛在战场上白白地喂兀鹰，不知那是所为何来。防止虐待动物，而不防止人类的互相厮杀，不晓得为什么要这样地厚于彼而薄于此！

风水

何谓风水？相传郭璞所撰《葬书》说："葬者乘生气也。经曰，气乘风则散，界水则止。古人聚之使不散，行之使有止，故谓之风水。"这话好像等于没说。揣摩其意，大概是说，丧葬之地须要注意其地势环境，尽可能地要找一块令人满意的地方。至于什么"气乘风则散，界水则止"，就有点近于玄虚，人死则气绝，还有什么气散气止之可说？

葬地最好是在比较高亢的地方，因为低隰的地方容易积水，对于死者骸骨不利；如果地势开廓爽朗，作为阴宅，子孙看着也会觉得心安。这都是可以理解的。不过一定要寻龙探脉，找什么"生龙口"，那就未免太难。堪舆家所谓的各种各样的穴形，诸如"七星伴月形"、"双燕抱梁形"、"游龙戏水形"、"美女献花形"、"金凤朝阳形"、"乌鸦归巢形"、"猛虎擒羊形"、"骑马斩关形"……无穷无尽的藏风聚气的吉穴之形，堪舆家说得头头是道，美不可言。我们肉眼凡胎，不谙青乌之术，很难理解，只好姑妄听之。更有所谓"阴刀出鞘形"者，就似乎是想入非非了。

吉穴的形势何以能影响到后代子孙的发旺富贵，这道理不容易解释。历来学者有许多对于风水之说抱怀疑态度。《张子全书》："葬法有风水山冈之说，此全无义理。"全无义理，就是胡说乱道之意。司马光《葬论》："孝经云：'卜其宅兆。'非若今阴阳家相其山冈风水也。"他也是一口否定了风水的说法。可是多少年来一般民众卜葬尊亲，很少不请教堪舆家的，好像不是为死者求福，而是为后人的富贵着想。活人还想讨死人的便宜。死人有剩余价值，他的墓地风水还能给活人以福祉灾殃！"不得三尺土，子孙永代苦"。真有这种事么？

有人仕途得意，历经宦海风波，而保持官职如故，人讽之为五朝元老，彼亦欣然以长乐老为荣。或问其术安在，答曰："祖坟风水佳耳。"后来失势，狼狈去官，则又曰："听说祖坟上有一棵大树如盖，乃风水所系，被人砍去，遂至如此。"不曰富贵在天，乃云富贵在地！在一棵树！

人做了皇帝，都以为是子孙万世之业，并且也知道自古没有万岁天子，所以通常在位时就兴建陵寝。风水之佳，规模之大，当然不在话下。我曾路过咸阳，向导遥指一座高高大大的土丘说："那就是秦始皇墓。"我当然看不出那地方风水有什么异样，我只知道他的帝祚不永，二世而斩。近年他的坟墓也被掘得七零八落了。陵寝有再好不过的风水，也自身难保，还管得了他的孝子贤孙变成为飘萍断梗？近如清朝的慈禧太后，活的时候营建颐和园，造孽还不够，陵寝也造得坚固异常，然而曾几何时禁不住孙殿英的火药炮轰，落得尸骨狼藉。或曰，这怪不得风水，这是气数已尽。既讲风水，又说气数，真是横说横有理，竖说竖有理。

阴宅讲风水，阳宅焉能不讲？民间最起码的风水常识是大门要开在左方。《礼记·曲礼上》："行，前朱鸟而后玄武，左青龙而右白虎。"其实这是说行军时旌旗的位置。后来道家思想才以青龙为最贵之神，白虎为凶神。门开在右手则犯冲了太岁。迄今一般住宅的大门（如果有大门）都是开在左方的。大家既然尚左，成了习俗，我们也就不妨从众。我曾见有些人家，重建大门，改成斜的，是真所谓"斜门"！吉凶祸福，原因错综复杂，岂是两扇大门的位置方向所能左右？车靠左边走，车靠右边行，同样的会出车祸。

不知道为什么别人家的山墙房脊冲着我家就于我不利，普通的禳避之法是悬起一面镜子，把迎面而来的凶煞之气轻而易举地反照回去，让对方自己去受用。如果镜子上再画上八卦，则更有除邪厌胜的效力。太上老君诸葛孔明和捉鬼的道士不都是穿八卦衣么？

据说都市和住宅的地形也事关风水，不可等闲视之。《朱子语录》："古今建都之地，莫过于冀，所谓无风以散之，有水以界之也。"可是看看那些建都之地，所谓的王气也都没有能延长多久，徒令后人兴起铜驼荆棘之感。北平城墙不是完全方方正正的，西北角和东南角都各缺一块，据说是像"天塌西北地陷东南"，谁也不知道这究竟起了什么作用。只知道如今城墙被拆除了。住宅的地形如果是长方形，前面宽而后面窄，据说不仅是没有裕后之象，而且形似棺木，凶。前些年我就住过这样的一栋房子，住了七年，没事。先我居住此房者，和在我以后迁入者，均奄忽而殁，这有什么稀奇，人孰无死？有一位朋友，其家背山面水，风景奇佳，一日大雨山崩，人与屋俱埋于泥沙之中，死生有命，非关风水。

近来新官上任，纵不修衙，那张办公桌子却要摆来摆去，斟酌再三，总要摆出一个大吉大利的阵式。一般人家安设床铺也要考虑，大概面西就不大好，怕的是一路归西。西方本是极乐世界所在，并非恶地。床无论面向何方，人总是一路往西行的。

客有问于余者曰："先生寓所，风水何如？"我告诉他，我住的地方前后左右都是高楼大厦，我好像是藏身谷底，终日面壁，罕见阳光，虽然台风吹来，亦不大有所感受，还说什么风水？出门则百尺以内，有理发馆六七处，餐厅二十多家，车龙马水，闹闹轰轰，还说什么风水？自求多福，如是而已。

暴发户

暴发户，外国也有，口叫做 Parvenu 或 nouveau riche，义为新贵新富。这一种人，有鲜明的特征，在人群中自成一格，令人一眼就可以辨认出来。旧戏里有一个小丑曾说过这样的一句话："树小墙新画不古，此人必是内务府。"挖苦暴发户，入木三分。

内务府是前清的一个衙门，掌管大内的财务出纳，以及祭礼、宴飨、膳馐、衣服、赐予、刑法、工作、教习，职务繁杂，组织庞大，下分七司三院，其长官名为总理大臣。凡能厕身其间者，无不被人艳羡，视为肥缺。"三年清知府，十万雪花银"，何况是给皇帝佬儿办总务？经手三分肥，内务府当差的几乎个个暴发。

人在暴发之后，第一桩事多半是求田问舍。锯木头，盖房子，叱咤立办；山节藻棁，玉砌雕栏，亦非难致。唯独想在庭院之中立即拥有三槐五柳，婆娑掩映于朱门绣户之间，则非人力财力所能立即实现。十年树木，还是保守的说法，十年过后也许几株龙柏可以不再需要木架扶持，也许那些七杈八杈韵味毫无的油加利猛蹿三两丈高，时间没有成熟之前，房子尽管富丽堂皇，堂前也只好放四盆石榴树，几窠夹竹桃，南墙脚摆几盆秋海棠。树，如果有，一定是小的。新盖的房子，墙也一定是新的，丹、青、赭、垩，光艳照人，还没来得及风雨剥蚀，还没来得及接受行人题名、顽童刻画、野狗遗溺。此之谓树小墙新。

暴发户对于室内装潢是相当考究的。进得门来，迎面少不得一个特大号的红地洒金的福字斗方，是倒挂着的，表示福到了。如果一排五个斗方当然更好，那是五福临门。室内灯饰，不比寻常。通常是八盏粗制滥造的仿古宫灯，因为楠木框花毛玻璃已不可得，象牙饰丝线穗更不必说。此外墙上、柱上、梁上、天花板上，还有无数的大大小小的电灯，甚至还有一串串的跑灯、霓虹灯，略似电视综艺节目之豪华场面。墙上也许还挂起一两幅政要亲笔题款的玉照，主人借以对客指点曰："某公厚我，某公厚我。"但是墙上没有画是不行的，乃斥巨资定绘牡丹图，牡丹是五色的，象征五福临门，未放的花苞要多，象征多子多孙，题曰："富贵满堂。"如果这一幅还不够，可再加一幅猫蝶图，或是一幅"鹤鹿同春"，鹤要红顶，鹿要梅花。总之是画不古，顶多也许有一张仇十洲的仕女或是郑板桥的墨竹，好像稍微为古一点点，但是谁愿说穿是真迹还是赝品？

新屋落成而不宴宾客，那简直是衣锦夜行。于是詹吉折简，大张盛筵，席开三桌，座位次序都经过审慎的考虑安排，中间一桌是政界，大小首长；右边一桌是商界，公司大亨；左边一桌只能算是"各界"，非官非商的一些闲杂人等。整套的银器出笼，也许是镀银，光亮耀眼，大型的器皿都是下有保温的热水屉，上有覆罩的碗盖。如果是鸡鸭，碗盖雕塑成鸡鸭形，如果是鱼，则成鱼形。碗足上、筷子上都刻有题字曰"某某自置"。一旁伺候的男女用人，全穿制服，白布长衫旗袍，领口、袖口、下摆还绲着红边。至于席上的珍馐，则觳觫重叠，燔炙满案。客人连声夸好，主人则忙不迭地说："家常便饭不成敬意。"

饭前饭后少不得要引导宾客参观新居，这是宴客的主要项目。先从客厅看起，长廊广庑，敞豁有容，中间是一块大地毯，主人说明是波斯制品，可是很明显的图案不像。几套皮垫大沙发之外，有一套远看像是楠木雕花长案、小几、太师椅之类的古老家具。长案之上有百古架、玉如意、百鹿敦、金钟、玉磬，挤得密密杂杂。小几前面居然还有蓝花白瓷的痰盂。旁边可能有一大箱热带鱼，另一边可能有大型立体音响。至于电视机，那就一定不止一台了。寝室里四壁至少有两面全是镜子，花灯照耀之下，有如置身水晶宫中。高广大床，锦帱绣帐，松软的弹簧床垫像是一大块天使蛋糕。浴缸则像是小型游泳池。书房也有一间，几净窗明，文房四宝罗列井然。书柜里有廿五史、百科全书，以及六法全书，一律布面烫金，金光熠熠。后院有温室一间，里面挂着几盆刚开败了的洋兰。众宾客参观完毕，啧啧称赞，可是其中也有一位冷冷地低声地说："这全是邓闲之功！"人问其语出何典，他说："不记得《水浒传》王婆贪贿说风情，有所谓五字诀么？"众皆粲然，主人也似懂非懂地跟着大家哈、哈、哈。

主人在仰着头打哈哈的时候，脖梗子上明显地露出三道厚厚的肥肉折叠起来的沟痕。大腹便便，虽不至"垂腴尺余"，也够瞧老大半天。"乐然后笑"，心里欢畅，自然就面团团，不时地辗然而笑。常言道："人非横财不富，马无青草不肥。"横财自何处来？没有人事前知道，只能说是逼人而来，说得玄虚一点便是自来处来。不过事后分析，也可找出一些蛛丝马迹，不会没有因缘。大抵其人投机冒险，而又遭逢时会，遂令竖子暴发。"君子之泽，五世而斩"。暴发户呢？其兴也暴，很可能"眼看他起高楼，眼看他宴宾客，眼看他楼塌了"！

痰盂

有许多从前常见的东西，现在难得一见，痰盂即是其中之一。也许是我所见不广，似乎别国现在已无此种器皿。这一项我国固有文物，于今也式微了。

记得小时候，家里每间房屋至少要有痰盂一具。尤其是，两把太师椅中间夹着一个小茶几。几前必有一个痰盂。其形状大抵颇似故宫博物院所藏宋瓷汝窑青奉华尊。分三个阶段，上段是敞开的撇口，中段是容痰的腹部，圆圆凸凸的，下段是支座。大小不一，顶大的痰盂高达二尺，腹部直径在一尺开外，小一点的西瓜都可以放进去。也有两层的，腹部着地，没有支座。更简陋的是浅浅的一个盆子就地擦，上面加一个中间陷带孔的盖子。瓷的当然最好，一般用的是搪瓷货。每天早晨清理房屋，倒痰盂是第一桩事。因为其中不仅有痰，举凡烟蒂、茶根、漱口水、果皮、瓜子皮、纸屑，都兼容并蓄，甚至有时也权充老幼咸宜的卫生设备。痰盂是比较小型的垃圾桶，每屋一具，多方便！有人还嫌不够方便，另备一种可以捧的小型痰盂，考究的是景泰蓝制的，普及的是锡制的，圆腹平底，而细颈撇口，放在枕边座右，无倾覆之虞，有随侍之效。

我们中国人的体格好像是异于洋人，痰特多。洋人不是不吐痰，因为洋人也有气管与支气管，其中黏膜也难免有分泌物，其名亦为痰，他们有了痰之后也会吐了出来，难道都咳到了口中再从食管里咽下去？不过他们没有普设的痰盂，痰无处吐。他们觉得明目张胆地吐在地上不太妥当，于是大都利用手帕，大概是谁也不愿洗那样的手帕，于是又改换用了就丢的纸巾，那纸巾用过之后又如何处理，是塞进烟灰缸里还是放进衣袋归遗细菌，那就各随各便了。

记得老舍有一短篇小说《火车》，好像是提到坐头等车的客人往往有一种惊人的态势，进得头等车厢就能"吭"的一声把一口黏痰从气管里咳到喉头，然后"咔"的一声把那口痰送到嘴里，再"啐"的一声把那口痰直吐在地毯上。"吭咔啐"这一笔确是写实，凭想象是不容易编造出来的。地毯上不是没有痰盂，但要视若无睹，才显出气派。我曾亲眼看见过一对夫妇赴宴，饭后在客厅落座，这位先生大概是湿热风寒不得其正，一口大痰涌上喉来，咔的一声含在嘴里，左顾右盼，想要找一个痰盂而不可得，俨然是一副内急的样子，又缺乏老舍所描写的头等火车客人那样的洒脱，真是狼狈至极。忽地他福至心灵，走到他夫人面前，取过她的圆罐形的小提包，打开之后，啐的一声把一口浓痰不偏不倚地吐在小提包里，然后把皮包照旧关好，扬长而去。这件事以后有无下文，不得而知。当时在座的人都面面相觑，他夫人脸上则一块红一块紫。其实这件事也还不算太不卫生。我记不得是哪一部笔记，记载着一位最会歌功颂德而且善体人意的宦官内侍，听得圣上一声咳嗽，赶快一个箭步，窜到御前，跪下来仰头张嘴，恭候圣上御啐在他的口里，时人称为肉痰盂。

明朝医学家张介宾作《景岳全书》，对于痰颇有妙论。"痰，即人之津液，无非水谷之所化。此痰亦既化之物，而非不化之属也。但化得其正，则形体强荣卫充。而痰涎本皆血气，若化失其正，则脏腑病，津液散，而血气即成痰涎，此亦犹乱世之盗贼，何孰非治世之良民？但盗贼之兴，必由国运之病，而痰涎之作，必由元气之病。……盖痰涎之化，本因水谷，使果脾强胃健如少壮者流，则随食随化，皆成血气，焉得留而为痰？唯其不能尽化，而十留一二，则一二为痰矣，十留三四，则三四为痰矣，甚至留其七八，则但见血气日消，而痰涎日多矣。"这一段话说得很动听，只是"血气"、"元气"等语稍为玄妙一些。国人多痰，原来是元气不足。昔人咏雪有句："一夜北风寒，天公大吐痰，旭日东方起，一服化痰丸。"这位诗人可谓能究天人之际了。

化痰丸有无功效，吾不得而知，唯随地吐痰罚金六百之禁令迄未生效，则是尽人皆知之事。多少人好像是仍患有痰谜，心窍之症。在缅怀痰盂时代已成过去之际，前几年忽然看到一张照片，眼睛为之一亮。那是美国总统尼克松访问大陆那一年在居仁堂被召见时的一张官式留影，主客二人，中间赫然矗立着一具相当壮观的痰盂！痰盂未被列入旧物之列而被破除。真可说是异数了。

图章

　　印章篆刻是我们中国特有的一种艺术。从春秋战国时起，到如今有二千多年的历史。最初只是一种凭信的记号，后来则于做凭信记号之外兼为一种艺术。

　　外国不是没有图章。英国不是也有所谓掌玺大臣么？他们的国王有御玺，有大印，和我们从前帝王之有玉玺没有两样。秦始皇就有螭虎纽六玺。不过外国没有我们一套严明的制度，我们旧制是帝王用者曰玺曰宝，官吏曰印，秩卑者曰钤记，非永久性的机关曰关防，秩序井然。讲到私人印信，则纯然是我们的国粹。外国人只凭签字，没有图章。我们则几乎没有一个人没有图章。签支票、立合同、掣收据、报户口、填结婚证书、申报所得税，以至于收受挂号信件包裹，无一不需盖章。在许多情况中，凭身份证验明正身都不济事，非盖图章不可。刻一个图章，还不容易？到处有刻字匠，随时可以刻一个。从前我在北平，见过邮局门口常有一个刻字摊，专刻急就章，用硬豆腐干一块，奏刀刻画，顷刻而成，钤盖上去也是朱色烂然，完全符合邮局签字盖章的要求。

　　我有一位朋友，他很有自知之明，他知道一颗图章早晚有失落之虞，或是收藏太好而忘记收藏之所，所以他坚决不肯使用图章，尤其在银行开户，他签发支票但凭签字。他的签字式也真别致，很难让人模仿得像。但是天有不测风云，他突然患了帕金森症，浑身到处打哆嗦，尤其是人生最常使用的手指头，拿不住筷子，捧不稳饭碗，摸不着电铃，看不准插头，如何能够执笔在支票上签字？勉强签字如鬼画符，银行核对下来不承认。后来几经交涉，经过好多保证才算把款提了出来，这时候才知道有时候签字不如盖章。

有些外国人颇为羡慕我们中国人的私章，觉得小小的一块石头刻上自己的名姓，或阴或阳，或篆或籀，或铁线或九叠，都怪有趣的。抗战时期，闻一多在昆明，以篆刻图章为副业，当时过境的美军不少，常有人登门造访，请求他的铁笔。他照例先给他起一个中国姓名，讲给他听，那几个中国字既是谐音，又有吉祥高雅的含义，他已经乐不可支，然后约期取件，当然是按润例计酬。雕虫小技，却也不轻松，视石之大小软硬而用指力、腕力，或臂力，积年累月地捏着一把小刀，伏在案上于方寸之地纵横捭阖，势必至于两眼昏花，肩耸背驼，手指磨损。对于他，篆刻已不复是文人雅事，而是谋生苦事了。

在字画上盖章，能使得一幅以墨色或青绿为主的作品，由于朱色印泥的衬托，而格外生动，有画龙点睛之妙。据说这种做法以酷爱文画的唐太宗为始，他有自书"贞观"二字的联珠印，嗣后唐代内府所藏的精品就常有"开元"、"集贤"等的钤记。元赵孟頫是篆刻的大家，开创了文人篆刻的先河，至元代而达到全盛时期。收藏家或鉴赏家在字画名迹上盖个图章原不是什么坏事，不过一幅完美的作品若是被别人在空白处盖上了密密麻麻的大小印章，却是大杀风景。最讨厌的是清朝的皇帝，动辄于御题之外加盖什么"御览之宝"的大章，好像非如此不足以表示其占有欲的满足。最迁阔的是一些藏书印，如"子孙益之守勿失"、"子孙永以为好"、"子子孙孙永无斁"之类，我们只能说其情可悯，其愚不可及。

明清以降，文人雅士篆刻之风大行，流落于市面的所谓闲章常有奇趣，或摘取诗句，或引用典实，或直写胸臆。有时候还可于无意中遇到石质特佳的印章，近似旧坑田黄之类。先君嗜爱金石篆刻，积有印章很多，我仅携出数方，除"饱蠹楼藏书印"之外尽属闲章。有一块长方形寿山石，刻诗一联"鹭拳沙岸雪，蝉翼柳塘风"，不知是谁的句子，也不知何人所镌，我觉得对仗工，意境雅，书法是阳文玉筋小篆尤为佳妙，我就喜欢它，有一角微缺，更增其古朴之趣。还有一块白文"春韭秋菘"，我曾盖在一幅画上，后来这幅画被一外国人收购，要我解释这印章文字的意义，我当时很为难，照字面翻译当然容易，说明典故却费周折。南齐的周家清贫，"文惠太子问颙：'菜何味胜？'颙曰：'春初早韭，秋末晚菘。'"春韭秋菘代表的是清贫之士的人品之清高。早韭嫩，晚菘肥，菜蔬之美岂是吃牛排吃汉堡面包的人所能领略？安贫乐道的精神之可贵更难于用三言两语向唯功利是图的人解释清楚的了。我还有两颗小图章，一个是"读书乐"，一个是"学古人"。生而知之的人，不必读书。英国复辟时代戏剧作家万布鲁（Vanbrugh）有一部喜剧《旧病复发》（The Relapse），其中的一位花花公子说过一句翻案的名言："读书即是拿别人绞出的脑汁来自娱。我觉得有身份的人应该以自己的思想为乐。"不读他人的书，自己的见解又将安附？恐怕最知道读书乐的人是困而后学的人。学古人，也不是因为他们苦，是因为从古人那里可以看到人性之尊严的写照，恰如波普（Pope）在他的"批评论"所说：

Learn hence for ancient rules a just esteem:

To copy Nature is to copy them.

所以对古人的规律要有一份尊敬，

揣摹古人的规律即是揣摹人性。

这两颗小图章给了我很大的启发，教我读书，教我做人。最近一位朋友送我两颗印章，一是仿汉印，龟纽，文曰："东阳太守。"令我想起杜诗所谓"除道晒要章"，太守的要章（佩在身上的腰章）大概就是这个样子了。另一是阳文圆印，文曰："深心托豪素。"这是颜延之的诗，"向秀甘淡薄，深心托豪素"，向秀是晋人，清悟有远识，好老庄之学，与山涛、嵇康等善，一代高人。这一颗印，与春韭秋菘有同样淡远的趣味。

一出版家与人诟谇，对方曰："汝何人，一书贾耳！"这位出版家大患，言于余。我告诉他，可玩味者唯一"耳"字，我并且对他说辞官一身轻的郑板桥当初有一颗图章"七品官耳"，那个"耳"字非常传神。我建议他不必生气，大可刻一个图章"一书贾耳"。当即自告奋勇，为他写好印文，自以为分朱布白，大致尚可，唯不知他有无郑板桥那样的洒脱肯镌刻这样的一个图章，我没敢追问。

台北家居

"长安米贵，居大不易"，原是调侃白居易名字的戏语。台北米不贵，可是居也不易。三十八年左右来台北定居的人，大概都有一个共同的感觉，觉得一生奔走四方，以在台北居住的这一段期间为最长久，而且也最安定。不过台北家居生活，三十多年中，也有不少变化。

我幸运，来到台北三天就借得一栋日式房屋。约有三十多坪，前后都有小小的院子，前院有两窠春蕉，隔着窗子可以窥视累累的香蕉长大，有时还可以静听雨打蕉叶的声音。没有围墙，只有矮矮的栅门，一推就开。室内铺的是榻榻米，其中吸收了水汽不少，微有霉味，寄居的蚂蚁当然密度很高。没有纱窗，蚊蚋出入自由，到了晚间没有客人敢赖在我家久留不去。"衡门之下，可以栖迟"。不久，大家的生活逐渐改良了，铁丝纱、尼龙纱铺上了窗栏，很多人都混上了床，藤椅、藤沙发也广泛地出现，榻榻米店铺被淘汰了。

在未装纱窗之前，大白昼我曾眼看着一个穿长衫的人推我栅门而入，他不敲房门，径自走到窗前伸手拿起窗台上放着的一只闹钟，扬长而去。我追出去的时候，他已经一溜烟地跑了。这不算偷，不算抢，只是不告而取，而且取后未还。好在这种事起初不常有。窃贼不多的原因之一是一般人家里没有多少值得一偷的东西。我有一位朋友一连遭窃数次，都是把他床上铺盖席卷而去，对于一个身无长物的人来说，这也不能不说是损失惨重了。我家后来也蒙梁上君子惠顾过一回，他闯入厨房搬走一只破旧的电锅。我马上买了一只新的，因为要吃饭不可一日无此君。不是我没料到拿去的破锅不足以厌其望，并且会受到师父的辱骂，说不定会再来找补一点什么，而是我大意了，没有把新锅藏起来，果然，第二天夜里，新锅不翼而飞。此后我就坚壁清野，把不愿被人携去的东西妥为收藏。

中等人家不能不雇用人，至少要有人负责炊事。此间乡间少女到城市帮佣，原来很多大部分是想藉此摄取经验，以为异日主持中馈的准备，所以主客相待以礼，各如其分。这和雇用三河县老妈子就迥异其趣了。可是这种情况急遽变化，工厂多起来了，商店多起来了，到处都需要女工，人孰无自尊，谁也不甘长久地为人"断苏切脯，筑肉曝芋"。于是供求失调，工资暴涨，而且服务的情形也不易得到雇主的满意。好多人家都抱怨，用人出去看电影要为她等门；她要交男友，不胜其扰；她要看电视，非看完一切节目不休；她要休假、返乡、借支；她打破碗盏不做声；她敞开水管洗衣服。在另一方面，她也有她的抱怨：主妇碎嘴唠叨，而且服务项目之多恨不得要向王褒的《僮约》看齐，"不得辰出夜入，交关伴偶"。总之不久缘尽，不欢而散的居多。如今局面不同了。多数人家不用女工，最多只用半工，或以钟点计工。不少妇女回到厨房自主中馈。懒的时候打开冰箱取出陈年剩菜或是罐头冷冻的东西，不必翻食谱，不必起油锅，拼拼凑凑，即可度命。馋的时候，阖家外出，台北餐馆大大小小一千四百余家，平津、宁浙、淮扬、川、湘、粤，任凭选择，牛肉面、自助餐，也行。妙在所费不太多，孩子们皆大欢喜，主妇怡然自得，主男也无须拉长驴脸站在厨房水槽前面洗盘碗。

台北的日式房屋现已难得一见，能拆的几乎早已拆光。一般的人家居住在四楼的公寓或七楼以上的大厦。这种房子实际上就像是鸽窝蜂房。通常前面有个几尺宽的小阳台，上面摆列几盆尘灰渍染的花草，恹恹了无生气；楼上浇花，楼下落雨，行人淋头。后面也有个更小的阳台，悬有衣裤招展的万国旗。客人来访，一进门也许抬头看见一个倒挂着的"福"字，低头看到一大堆半新不旧的拖鞋——也许要换鞋，也许不要换，也许主人希望你换而口里说不用换，也许你不想换而问主人要不要换，也许你硬是不换而使主人瞪你一眼。客来献茶？没有那么方便的开水，都是利用热水瓶。盖碗好像早已失传，大部分是使用玻璃杯。其实正常的人家，客已渐渐稀少，谁也没有太多的闲暇串门子闲嗑牙，有事需要先期电话要约。杜甫诗："但使残年饱吃饭，只愿无事长相见"，现在不行，无事为什么还要长相见？

"千金买房，万金买邻"话是不错，但是谈何容易？谁也料不到，楼上一家偶尔要午夜跳舞，篷拆之声盈耳；隔壁一家常打麻将，连战通宵；对门一家养哈巴狗，不分晨夕地吠影吠声，一位新来的住户提出抗议，那狗主人愤然作色说："你搬来多久？我的狗在此已经吠了两年多。"街坊四邻不断地有人装修房屋，而且要装修得像是电视综艺节目的背景，敲敲打打历时经旬不止。最可怕的是楼下开了一家汽车修理厂，日夜服务，不但叮叮哨哨响起敲打乐，而且漆鬃焊接一概俱全，马达声、喇叭声不绝于耳。还有葬车出殡，一路上有音乐伴奏，不时地燃放爆竹，更不幸的是邻近的人办白事，连夜的诵经放焰口，那就更不得安生了。"大隐隐朝市"，我有一位朋友想"小隐隐陵薮"，搬到乡野，一走了之，但是立刻就有好心的人劝阻他说："万万不可，乡下无医院，万一心脏病发，来不及送院急救，怕就要中道崩殂！"我的朋友吓得只好客居在红尘万丈的闹市之中。

家居不可无娱乐。卫生麻将大概是一些太太的天下。说它卫生也不无道理，至少上肢运动频数，近似蛙式游泳。只要时间不太长、输赢不大，十圈八圈的通力合作，总比在外面为非作歹、伤风败俗要好得多。公务人员与知识分子也有乐此不疲者。梁任公先生说过："只有打麻将能令我忘却读书，只有读书能令我忘却打麻将。"我们觉得饱学如梁先生者，不妨打打麻将。也许电视是如今最受欢迎的家庭娱乐了，只要具有初高中程度，或略识之无，甚至文盲，都可以欣赏。当然，胃口需要相当强健，否则看了一些狞眉皱眼怪模怪样而自以为有趣的面孔，或是奇装异服不男不女蹦蹦跳跳的人妖，岂不要作呕？年青的一代，自有他们的天地，郊游、露营、电影院、舞厅、咖啡馆，都是赏心悦目的胜地，家庭有娱乐，对他们而言，恐怕是渐渐地认为不大可能了。

五十多年前，丁西林先生对我说，他理想中的家庭具备五个条件：一是糊涂的老爷；二是能干的太太；三是干净的孩子；四是和气的用人；五是二十四小时的热水供应。这是他个人的理想，但也并非是笑话。他所谓糊涂，当然是"小事糊涂，大事不糊涂"；所谓能干是指里里外外上上下下一手承担；所谓干净是说穿戴整洁不淌鼻涕；所谓和气是吃饱喝足之后所自然流露出来的一股温暖；至于热水供应，则是属于现代设备的问题。如果丁先生现住台北，他会修正他的理想。旧时北平中上之家讲究"天棚、鱼缸、石榴树，先生、肥狗、胖丫头"，那理想更简单了。台北家居，无所谓天棚，中上人家都有冷气，热带鱼和金鱼缸各有情趣，石榴树不见得不如兰花，家里请先生则近似恶补，养猫养狗更是稀松平常，病了还有猫狗专科医院可以就诊（在外国见到的猫狗美容院此地尚付阙如），胖丫头则丫头制度已不存在，遑论胖与不胖？说不定胖了还要设法减肥。

台北家居是相当安全的。舞动长刀扁钻杀人越货的事常有所闻，不过独行盗登门抢劫的事是少有的。像某些国家之动辄抢银行、劫火车，则此地之安谧甚为显然。夜不闭户是办不到的，好多人家窗上装了栅栏甘愿尝受铁窗风味，也无非是戒慎预防之意。至于流氓滋事，无地无之，是非之地少去便是。台北究竟是一个住家的好地方。